Yu the Great

Yu the Great

A Story in Easy Chinese, Pinyin and English

700 Word Chinese Vocabulary

by Lawrence Wang

Published in the United States by Imagin8 Press LLC, Verona, Pennsylvania, US. For information, contact us via email at info@imagin8press.com.

Our books may be purchased directly in quantity at a reduced price, visit www.imagin8press.com for details.

Imagin8 Press, the Imagin8 logo and the sail image are all trademarks of Imagin8 Press LLC.

Written by Lawrence Wang
Edited by Jeff Pepper and Xiao Hui Wang
Cover artwork by NextMars, Liuyang, China
Audiobook narration by Junyou Chen

ISBN: 978-1959043737
Version 5.0

Acknowledgements

Many thanks to the team at Next Mars for their cover artwork, Jeff Pepper and Xiao Hui Wang for editing the manuscript, Jia Mei Beh, Arnaud Ysmal and Jean Agapoff for proofreading the Chinese and pinyin, and Junyou Chen for the audiobook narration.

Audiobook

A complete Chinese language audio version of this book is available free of charge. To access it, go to YouTube.com and search for the Imagin8 Press channel. There you will find free audiobooks for this and many other books.

You can also visit our website, www.imagin8press.com, to find a direct link to the YouTube audiobook, as well as information about our other books.

Contents

Acknowledgements 5

Audiobook 5

Introduction 9

大禹 13

   第一章：洪水滔滔 13

   第二章：鲧的失败 23

   第三章：儿子的工作 31

   第四章：研究水流 43

   第五章：开渠引水 55

   第六章：不回家的十三年 65

   第七章：水怪共工 75

   第八章：山神的帮助 87

   第九章：朝中的小人 99

   第十章：证明自己 111

   第十一章：建立王朝 123

   第十二章：大禹的传说 131

Yu the Great 137

   Chapter 1: The Great Flood 137

   Chapter 2: Gun's Failure 140

Chapter 3: A Son's Duty.................................... 142

Chapter 4: Studying the Water........................ 145

Chapter 5: Digging Channels......................... 148

Chapter 6: Thirteen Years Without Going Home.... 151

Chapter 7: The Water Monster Gong Gong............. 154

Chapter 8: Help from the Mountain God 157

Chapter 9: Trouble in the Court........................ 160

Chapter 10: Proving Himself........................... 172

Chapter 11: Founding the Dynasty.................... 166

Chapter 12: The Legend of Yu........................ 169

Glossary 171

About the Author.. 199

Introduction

Long ago, before there were official dynasties or written history, when people lived in small villages near the rivers and mountains of ancient China, a terrible flood came. Rain fell day and night. Rivers overflowed, homes vanished, and families climbed into caves just to survive. Children cried from hunger. Crops were destroyed. People no longer remembered what dry land looked like.

This flood didn't last for days or weeks. It lasted for years. Mountains became islands. Roads turned into rivers. Many believed the world had changed forever. Some said the sky had cracked open. Others whispered that the water god Gong Gong had knocked over the pillars of heaven in a fit of anger. No one knew how to stop the disaster. Even the emperor, a wise and kind man named Yao, could only watch as his people struggled to stay alive.

Emperor Yao asked a man named Gun to solve the crisis. Gun was brave and determined. He believed he could stop the flood by building huge dams to block the water. For nine years, Gun and his workers built barrier after barrier. But the water didn't stop—it rose higher. It pushed through the dams and swept them away. In the end, all of Gun's efforts failed.

Then came Gun's son, Yu.

Yu was quiet, thoughtful, and strong. He didn't try to fight the water head-on. Instead, he walked across the flooded land, followed the rivers, and spoke with villagers. He asked them where the water came from, where it used to go, and how the land had changed. Over time, Yu began to understand: the water didn't want to be blocked, it wanted to move. So Yu decided to work with nature instead of against it.

He started to dig. He opened channels that helped the water flow back to the sea. He widened riverbeds and carved new paths through hills and valleys. When storms damaged the land, he repaired it with his own hands. He didn't sit in a palace giving orders—he worked beside the people, listened to their worries, and gave them hope.

Yu worked for thirteen years. He traveled far and wide, crossing mountains, valleys, and plains. He passed by his own home three times but never went inside—not even to see his wife and young son. He believed that saving the families of China was more important than his own comfort. Because of this, people began calling him Yu the Great.

Yu's story has been told for thousands of years. Confucius, the great teacher of ancient China, once said: "With Yu, I can find no fault." His name appears in some of China's oldest books, including the *Book of Documents* and the *Records of the Grand Historian* by Sima Qian. Over the centuries, different versions of his story have emerged. In some, he gets help from dragons. In others, he uses magic soil that grows by itself. But in every version, he is remembered as a man who never gave up.

Yu is more than just a hero. He became a symbol of wisdom, humility, and leadership. Later emperors honored him as the founder of the Xia Dynasty, the first dynasty in Chinese history. But Yu was not remembered because he had power. He was remembered because he used that power to serve others.

This book tells Yu's story in easy Chinese, using language that learners can understand. But the feelings in this story—fear, courage, sadness, love—are as deep as anything in Chinese literature. You will meet villagers who lose their homes, a father who fails, a son who learns, and a man who becomes a legend—not because of magic, but because of his heart.

Yu's story is not just about a flood. It's about listening to the world, learning from mistakes, and helping others even when the work is hard. It reminds us that real courage is not loud or flashy—it is quiet, steady, and strong. It keeps going, even when no one is watching.

Dà Yǔ

Dì Yī Zhāng: Hóngshuǐ Tāotāo

Zài hěnjiǔ hěnjiǔ yǐqián, Zhōngguó dàdì fāshēng le yì chǎng kěpà de hóngshuǐ zāinàn, tiānkōng hǎoxiàng pò le yígè dàdòng, yǔshuǐ báitiān hēiyè bù tíng de cóng tiānkōng dào xiàlái. Tiāndì zhījiān yípiàn dà shuǐ, hóngshuǐ sìchù liú, hǎoxiàng yào bǎ zhěnggè tiāndì dōu gěi yānmò.

Cūnzhuāng lǐ, fángzi bèi hóngshuǐ chōng huǐ le. "Bù hǎo le, hóngshuǐ lái le!"

Rénmen pǎozhe sìchù hǎnjiào.

"Jiùmìng a!" "Kuài pǎo a!" Kū shēng, hǎn shēng cǐqǐbǐfú.

大禹

第一章：洪水滔滔

在很久很久以前，中国大地发生了一场可怕的洪水灾难，天空好像破了一个大洞，雨水白天黑夜不停地从天空倒下来。天地之间一片大水，洪水四处流，好像要把整个天地都给淹没。

村庄里，房子被洪水冲毁了。"不好了，洪水来了！"

人们跑着四处喊叫。

"救命啊！""快跑啊！"哭声、喊声此起彼伏。

Rénmen méiyǒu le jiā, dàochù zhǎo ānquán de dìfāng.

Niánqīng lì zhuàng de rénmen, pá dào gāo chù. Lǎorén, nǚrén hé háizimen, duǒ jìn shāndòng lǐ.

"Māma, wǒmen de jiā bèi hóngshuǐ chōng zǒu le, wǒmen jīn wǎn jiù shuì zài zhège hēidòng lǐ ma?" Niánshào de háizi duǒ zài māma de huái lǐ, fādǒu de wèn.

Tiándì lǐ, nóngmínmen xīnkǔ zhòng de zhuāngjià dōu bèi hóngshuǐ yānmò le. Liángshí méiyǒu le shōuchéng, dàjiā lián fàn dōu chībúshàng.

Wàngzhe bèi yān de nóngtián, nóngmínmen liúzhe lèi, xīnzhōng chōngmǎn juéwàng de tànxízhe, "Zhè yì nián de xīnkǔ dōu báifèi le a! Láinián quánjiā kào shénme huó xiàqù a!"

Sēnlín lǐ, shùmù dōu bèi liángēn bá qǐ, niǎo'er zài tiānkōng zhōng xīnkǔ de fēizhe, dà shù dōu dǎo xià le, tāmen

人们没有了家，到处找安全的地方。

年轻力壮的人们，爬到高处。老人、女人和孩子们，躲进山洞里。

"妈妈，我们的家被洪水冲走了，我们今晚就睡在这个黑洞里吗？"年少的孩子躲在妈妈的怀里，发抖地问。

田地里，农民们辛苦种的庄稼都被洪水淹没了。粮食没有了收成，大家连饭都吃不上。

望着被淹的农田，农民们流着泪，心中充满绝望地叹息着，"这一年的辛苦都白费了啊！来年全家靠什么活下去啊！"

森林里，树木都被连根拔起，鸟儿在天空中辛苦地飞着，大树都倒下了，它们

bù zhīdào kěyǐ tíng zài nǎlǐ.

Wǎngrì lǐ qiángzhuàng de shīzi, lǎohǔ, cǐkè kělián de yóu zǒu zài hóngshuǐ zhōng, shīqù le tāmen shēngcún de jiāyuán.

Yǒuxiē cūnmín kāishǐ xiǎoshēng shuō, "Zhè shuǐ tài qíguài le, xiàng shì lǎotiānyé fāhuǒ le."

"Yě kěnéng shì…… shuǐ lǐ de guàiwù zài shēngqì."

Yígè lǎo tàitài shuō, "Wǒ xiǎoshíhou tīng yéye jiǎngguò, shuǐ lǐ zhùzhe gè jiào 'Gòng Gōng' de guàiwù, tā yì shēngqì, jiù huì fàngchū dà shuǐ."

Lìng yígèrén shuō, "Hái yǒurén shuō, zhǐyǒu shānshén, jīnlóng cáinéng shōu zhù zhèyàng de shuǐ."

Búguò, zhèxiē huà zhǐshì rénmen zài yèlǐ qiāoqiāo shuō shuō, méi rén zhīdào shì zhēn shì jiǎ.

不知道可以停在哪里。

往日里强壮的狮子、老虎，此刻可怜地游走在洪水中，失去了它们生存的家园。

有些村民开始小声说，"这水太奇怪了，像是老天爷发火了。"

"也可能是……水里的怪物在生气。"

一个老太太说，"我小时候听爷爷讲过，水里住着个叫'共工'的怪物，它一生气，就会放出大水。"

另一个人说，"还有人说，只有山神、金龙才能收住这样的水。"

不过，这些话只是人们在夜里悄悄说说，没人知道是真是假。

Dàyǔ xià gè bù tíng, hóngshuǐ rì fù yí rì de chōngjīzhe dàdì, rénmen cháng nián shēnghuó zài kǔnàn zhōng, dàochù liúlàng, yě méi bànfǎ jiànlì xīn jiāyuán, háizimen dōu wàngjì le gān de lùdì shì shénme yàngzi le.

Dāngshí de huángdì Yáo, zhù zài hóngshuǐ kùn zhù de dūchéng lǐ, kànzhe bèi hóngshuǐ yānmò de chéngqiáng tànqì dào, "Zhè dà hóngshuǐ huǐ le jiǔzhōu dàdì, rénmen è sǐ de, yān sǐ de, dòng sǐ de......, Zhè rìzi shénme shíhou shìgè tóu a? Shuí néng bāng bāng wǒ de guójiā?"

Wánggōng lǐ yīzhèn de ānjìng. "Dàwáng, yǒu yí gè rén néng bāngmáng, ràng Gǔn shì shì zhìshuǐ ba!" Yí wèi dàchén shuō, " Gǔn huì zào dībà."

Yúshì, Yáo dì diǎntóu tóngyì, "Rènmìng Gǔn fùzé zhìshuǐ, ràng tā dān cǐ gōngzuò ba!"

大雨下个不停，洪水日复一日地冲击着大地，人们长年生活在苦难中，到处流浪，也没办法建立新家园，孩子们都忘记了干的陆地是什么样子了。

当时的皇帝尧，住在洪水困住的都城里，看着被洪水淹没的城墙叹气道，"这大洪水毁了九州大地，人们饿死的，淹死的，冻死的……，这日子什么时候是个头啊？谁能帮帮我的国家？"

王宫里一阵的安静。"大王，有一个人能帮忙，让鲧试试治水吧！"一位大臣说，"鲧会造堤坝。"

于是，尧帝点头同意，"任命鲧负责治水，让他担此工作吧！"

Gǔn shìgè ānjìng de rén, yǒuzhe yǒulì de shuāngshǒu hé hēi liàng de yǎnjing, zuìhòu jiēshòu le zhìshuǐ zhè zuì kùnnan de gōngzuò.

Tā zài huángdì miànqián kěndìng de huídá, "Wǒ huì yòng quánlì de."

Yúshì tā kāiqǐ le zhìshuǐ gōngzuò.

鲧是个安静的人，有着有力的双手和黑亮的眼睛，最后接受了治水这最困难的工作。

他在皇帝面前肯定地回答，“我会用全力的。”

于是他开启了治水工作。

Dì Èr Zhāng: Gǔn De Shībài

Yáo dì ràng Gǔn lái zhìlǐ hóngshuǐ. Hóngshuǐ ràng Zhōngguó de xǔduō dìfāng dōu bèi yānmò, cūnzhuāng bèi chōng zǒu, nóngtián yě bèi shuǐ yānmò, bǎixìng de shēnghuó biàn dé yuè lái yuè kùnnan. Yáo dì xiāngxìn Gǔn nénggòu zhǎodào zhìlǐ hóngshuǐ de hǎo bànfǎ, yúshì bǎ zhìshuǐ de gōngzuò gěi le tā.

Gǔn shì yígè fēicháng cōngmíng hé yǒu nénglì de rén, tā zǒubiàn le gāoshān, héliú, tiándì hé cūnzi. Tā kàn le hěnduō dìfāng, yě jì xià le shuǐ cóng nǎlǐ lái, wǎng nǎlǐ liú. Tā juédìng xiūjiàn dībà lái dǎngzhù hóngshuǐ. Tā xuǎnzé cóng hé de hé tóu kāishǐ xiūjiàn dībà. Gǔn dàizhe xǔduō gōngrén, dàjiā yīqǐ wā tǔ, bān shí, xiūjiàn gāo gāo de dībà, tāmen báitiān gōngzuò, wǎnshang yě bù xiūxi, xīwàng nénggòu zǎodiǎn bǎ hóngshuǐ dǎngzhù. Gōngrénmen suīrán xīnkǔ, dàn kànzhe gāo gāo de dībà, gāo

第二章：<u>鲧</u>的失败

<u>尧</u>帝让<u>鲧</u>来治理洪水。洪水让<u>中国</u>的许多地方都被淹没，村庄被冲走，农田也被水淹没，百姓的生活变得越来越困难。<u>尧</u>帝相信<u>鲧</u>能够找到治理洪水的好办法，于是把治水的工作给了他。

<u>鲧</u>是一个非常聪明和有能力的人，他走遍了高山，河流，田地和村子。他看了很多地方，也记下了水从哪里来，往哪里流。他决定修建堤坝来挡住洪水。他选择从河的河头开始修建堤坝。<u>鲧</u>带着许多工人，大家一起挖土、搬石，修建高高的堤坝，他们白天工作，晚上也不休息，希望能够早点把洪水挡住。工人们虽然辛苦，但看着高高的堤坝，高

xìng de wèn, "Gǔn dàrén, zhè huí hóngshuǐ yīdìng kěyǐ bèi dǎngzhù le ba?" Gǔn diǎndiǎn tóu, shífēn yǒu xìnxīn de shuō, "Wǒmen yīdìng néng chénggōng!"

Rìzi yì tiāntiān guòqù, yì nián guòqù le, dībà yuè lái yuè duō, yuè lái yuè gāo.

"Xiànzài shuǐ bú huì zàilái hài wǒmen le!" Gōngrénmen shuō.

Gāng kāishǐ, dībà kěyǐ dǎngzhù hóngshuǐ. Rán'ér, yǔ yīzhí xià gè bù tíng, hóngshuǐ chōngjī lìliàng yuè lái yuè dà, dībà zhōngyú bùnéng dǎngzhù hóngshuǐ le. Hóngshuǐ xiàng yěshòu yīyàng chōngpò le dībà, zàicì mànguò le tǔdì. Nóngtián bèi yānmò, cūnzhuāng bèi huǐhuài, bǎixìng de jiāyuán yòu yícì bèi hóngshuǐ yānmò.

Gǔn kàndào zhè yīqiè, xīnlǐ fēicháng nánguò. Tā duì gōngrénmen shuō, "Wǒmen bùnéng fàngqì. Wǒmen yào chóngxīn

兴地问，"鲧大人，这回洪水一定可以被挡住了吧？"鲧点点头，十分有信心地说，"我们一定能成功！"

日子一天天过去，一年过去了，堤坝越来越多，越来越高。

"现在水不会再来害我们了！"工人们说。

刚开始，堤坝可以挡住洪水。然而，雨一直下个不停，洪水冲击力量越来越大，堤坝终于不能挡住洪水了。洪水像野兽一样冲破了堤坝，再次漫过了土地。农田被淹没，村庄被毁坏，百姓的家园又一次被洪水淹没。

鲧看到这一切，心里非常难过。他对工人们说，"我们不能放弃。我们要重新

xiūhǎo dībà, jìxù nǔlì." Gǔn chóngxīn nǔlì jiànzào gèngjiā jiēshi de dībà, rán'ér měi cì xiūjiàn de dībà dōu bùnéng dǐdǎng hóngshuǐ. Yí cì cì de shībài ràng Gǔn fēicháng shīwàng, měi cì hóngshuǐ zǒng shì néng chōngpò dībà.

Yáo dì dézhī Gǔn de shībài, xīnqíng fēicháng nánguò. Tā duì dàchénmen shuō, "Gǔn suīrán hěn nǔlì, dàn kàn lái tā de bànfǎ méiyǒu yòng, dībà bùnéng zǔzhǐ hóngshuǐ. Wǒmen xūyào zhǎodào xīn de bànfǎ."

Yígè dàchén zhàn chūlái shuō, "Dàwáng, Gǔn yīzhí zhǐ xiǎng lán shuǐ, kě shuǐ búshì néng lánzhù de dōngxī."

Lìng yígè dàchén yě shuō, "Wǒmen bùnéng zài ràng tā zuò xiàqù le. Tā de fāngfǎ búduì."

Huángdì tàn le yì kǒu qì, shuō, "Wǒmen guójiā bùnéng zài děng le. Tíngzhǐ Gǔn de zhìshuǐ gōngzuò!"

修好堤坝，继续努力。"鲧重新努力建造更加结实的堤坝，然而每次修建的堤坝都不能抵挡洪水。一次次的失败让鲧非常失望，每次洪水总是能冲破堤坝。

尧帝得知鲧的失败，心情非常难过。他对大臣们说，"鲧虽然很努力，但看来他的办法没有用，堤坝不能阻止洪水。我们需要找到新的办法。"

一个大臣站出来说，"大王，鲧一直只想拦水，可水不是能拦住的东西。"

另一个大臣也说，"我们不能再让他做下去了。他的方法不对。"

皇帝叹了一口气，说，"我们国家不能再等了。停止鲧的治水工作！"

Wèibīng zǒu jìnlái, bǎ Gǔn dài zǒu le.

Gǔn de érzi yuǎn yuǎn kànzhe bèi dài zǒu de fùqīn de bèiyǐng, xīnlǐ fēicháng nánguò. Tā bù zhīdào yǐhòu huì fāshēng shénme, yě bù zhīdào zhè chǎng dà shuǐ shénme shíhou cái huì jiéshù.

卫兵走进来，把<u>鲧</u>带走了。

<u>鲧</u>的儿子远远看着被带走的父亲的背影，心里非常难过。他不知道以后会发生什么，也不知道这场大水什么时候才会结束。

Dì Sān Zhāng: Érzi De Gōngzuò

Gǔn bèi guān le qǐlái. Tā méiyǒu kū, yě méiyǒu shuōhuà. Tā zhīdào, zìjǐ shībài le.

Rénmen yībiān shōushí hóngshuǐ liú xià de dōngxī, yībiān shuō, "Gǔn yòng le jiǔ nián, kě shuǐ háishì zhème dà. Wǒmen gāi zěnme bàn?"

Yǒu de rén hěn shēngqì, yǒu de rén hěn nánguò, hái yǒu de rén yǐjīng bù xiāngxìn shuǐ néng bèi zhì hǎo le.

Zhè shíhou, Gǔn de érzi zhàn le chūlái. Tā de míngzi jiào Yǔ.

Yǔ tīng dào fùqīn de shì hòu, hěn shāngxīn. Tā qù le fùqīn zhù de dìfāng, kàn le tā zuìhòu yímiàn.

"Fùqīn……" Yǔ kànzhe Gǔn de yǎnjing, shēngyīn hěn dī.

第三章：儿子的工作

鲧被关了起来。他没有哭，也没有说话。他知道，自己失败了。

人们一边收拾洪水留下的东西，一边说，"鲧用了九年，可水还是这么大。我们该怎么办？"

有的人很生气，有的人很难过，还有的人已经不相信水能被治好了。

这时候，鲧的儿子站了出来。他的名字叫禹。

禹听到父亲的事后，很伤心。他去了父亲住的地方，看了他最后一面。

"父亲……"禹看着鲧的眼睛，声音很低。

Gǔn kànzhe Yǔ, yǎn lǐ hái yǒu guāng. Tā yònglì de lā zhù Yǔ de shǒu, shuō, "Wǒ duìbùqǐ dàjiā, wǒ méi néng zhì hǎo shuǐ. Dàn nǐ…… nǐ yào jìxù xiàqù."

Yǔ diǎn le diǎn tóu.

"Fùqīn, wǒ huì jìxù nǐ méiyǒu zuò wán de gōngzuò, wǒ bú huì ràng nǐ shīwàng de."

Gǔn líkāi yǐhòu, Yǔ méiyǒu yìjiàn. Tā yígèrén jìng jìng de zǒu jìn bèi shuǐ yānguò de cūnzi, báitiān kàn, wǎnshang jì, wèn cūnmín, huà túzhǐ.

Rénmen kāishǐ zhùyì dào zhège niánqīng rén, "Nà shì Gǔn de érzi."

"Tā méiyǒu fàngqì."

"Tā tiāntiān lái, wèn shuǐ zěnme lái de, zěnme liú de."

鲧看着禹，眼里还有光。他用力地拉住禹的手，说，"我对不起大家，我没能治好水。但你……你要继续下去。"

禹点了点头。

"父亲，我会继续你没有做完的工作，我不会让你失望的。"

鲧离开以后，禹没有意见。他一个人静静地走进被水淹过的村子，白天看、晚上记，问村民，画图纸。

人们开始注意到这个年轻人，"那是鲧的儿子。"

"他没有放弃。"

"他天天来，问水怎么来的，怎么流的。"

Yǒurén bǎ zhèxiē huà chuán jìn le huánggōng.

Yí wèi dàchén duì huángdì shuō, "Zhège niánqīng rén méiyǒu dàochù chuīniú, yě méiyǒu bàoyuàn. Tā zhǐshì rènzhēn de zuòshì, dàjiā dōu shuō tā bù yīyàng."

Guò le bùjiǔ, huángdì jiàn le Yǔ.

"Nǐ shì Gǔn de érzi?" huángdì wèn.

"Shìde," Yǔ guì zài dìshang huídá.

"Nǐ fùqīn de fāngfǎ cuò le, tā shībài le." Huángdì kànzhe Yǔ, "Nǐ xiǎng zěnme zuò?"

Yǔ tái qǐ tóu shuō, "Wǒ xiǎng jìxù wánchéng wǒ fùqīn méiyǒu wánchéng de shì, dàn wǒ yào yòng xīn de fāngfǎ. Qǐng gěi wǒ yígè jīhuì. Wǒ xiǎng xiān kàn kàn shuǐ shì zěnme liú de, zài juédìng yào zěnme zuò."

有人把这些话传进了皇宫。

一位大臣对皇帝说，“这个年轻人没有到处吹牛，也没有抱怨。他只是认真地做事，大家都说他不一样。”

过了不久，皇帝见了禹。

“你是鲧的儿子？”皇帝问。

“是的，”禹跪在地上回答。

“你父亲的方法错了，他失败了。”皇帝看着禹，“你想怎么做？”

禹抬起头说，“我想继续完成我父亲没有完成的事，但我要用新的方法。请给我一个机会。我想先看看水是怎么流的，再决定要怎么做。”

Huángdì méiyǒu mǎshàng huídá. Tā kànzhe Yǔ de liǎn, yòu kàn kàn shēnbiān de dàchén.

Yǒu de dàchén diǎntóu, yǒu de dàchén qīngshēng shuō, "Tā yǐjīng zài shuǐzāi dìfāng zǒu le hěnduō tiān, dàjiā shuō tā hěn rènzhēn, huì wèn hào wèntí."

"Tā méiyǒu zhǎo biérén máfan, yě méiyǒu tuī zérèn. Tā zhǐshì xiǎng xué."

Huángdì diǎn le diǎn tóu, shuō, "Nǐ bù chuīniú, yě bú hàipà, zhè shì hěn shǎo jiàn de. Wǒ gěi nǐ yígè jīhuì, qù shì shì ba."

Jiù zhèyàng, Yǔ jiē xià le zhìshuǐ de gōngzuò.

Tā bú xiàng fùqīn nàyàng mǎshàng dài rén kāishǐ, ér shì yígèrén líkāi dūchéng, zǒu jìn nàxiē bèi shuǐ yānguò de dìfāng.

皇帝没有马上回答。他看着禹的脸，又看看身边的大臣。

有的大臣点头，有的大臣轻声说，"他已经在水灾地方走了很多天，大家说他很认真，会问好问题。"

"他没有找别人麻烦，也没有推责任。他只是想学。"

皇帝点了点头，说，"你不吹牛，也不害怕，这是很少见的。我给你一个机会，去试试吧。"

就这样，禹接下了治水的工作。

他不像父亲那样马上带人开始，而是一个人离开都城，走进那些被水淹过的地方。

Tā zǒuguò huài diào de fángzi, zǒuguò bèi shuǐ pào huài de tián. Tā wèn lǎorén, "Nǐmen zhèlǐ de shuǐ shì shénme shíhou lái de?"

Tā wèn zhòngtián de rén, "Nǐ juéde shuǐ shì cóng nǎ biān lái de?"

Yǒuxiē cūnzi suīrán méiyǒu bèi wánquán yānmò, dàn dìmiàn yǐjīng hěn shī le. Yǔ tuō xià xié, cǎi zài dìshang, kànzhe shuǐ shì zěnme liúdòng de.

Měitiān, tā dōu zài zǒu, zài kàn, zài wèn. Tā zài dìshang huàtú, yě yòng xiǎo mùkuài zuò gōngjù, kàn shuǐ shì zěnme liú de.

"Shuǐ búshì huài dōngxī," Yǔ duì yígè xiǎo háizi shuō, "shuǐ néng bāng zhuāngjià zhǎng dà, wǒmen dōu xūyào shuǐ. Zhǐshì xiànzài, shuǐ zǒu cuò le lù."

他走过坏掉的房子，走过被水泡坏的田。他问老人，"你们这里的水是什么时候来的？"

他问种田的人，"你觉得水是从哪边来的？"

有些村子虽然没有被完全淹没，但地面已经很湿了。禹脱下鞋，踩在地上，看着水是怎么流动的。

每天，他都在走、在看、在问。他在地上画图，也用小木块做工具，看水是怎么流的。

"水不是坏东西，"禹对一个小孩子说，"水能帮庄稼长大，我们都需要水。只是现在，水走错了路。"

"Nǐ yào ràng shuǐ zǒu huí tā de lùshàng ma?" Xiǎo háizi wèn.

"Shìde," Yǔ xiào le.

Hěn cháng yíduàn shíjiān, Yǔ chī zuì jiǎndān de fàn, chuān jiù yīfu, jiǎo shàng qǐ le shuǐpào, liǎn yě hēi le, dàn tā cóng méi tíng xià.

"Wǒ búshì wèile wǒ zìjǐ zuò zhèxiē shì," Yǔ xīnlǐ xiǎngzhe, "wǒ shì wèile dàjiā."

"你要让水走回它的路上吗？"小孩子问。

"是的，"禹笑了。

很长一段时间，禹吃最简单的饭，穿旧衣服，脚上起了水泡，脸也黑了，但他从没停下。

"我不是为了我自己做这些事，"禹心里想着，"我是为了大家。"

Dì Sì Zhāng: Yánjiū Shuǐliú

Yǔ měitiān zǒu zài dà dìshang, bùguǎn qíngtiān háishì xià yǔ. Tā zǒuguò shān, yě zǒuguò tián, zǒuguò cūnzi, yě zǒu guo dà hé biān.

Rénmen kàndào tā, huì wèn, "Nǐ shì shuí? Nǐ zài zhǎo shénme?"

Yǔ zǒngshì xiàozhe huídá, "Wǒ shì Yǔ, wǒ xiǎng zhìshuǐ. Wǒ xiǎng zhīdào shuǐ shì cóng nǎlǐ lái de, yào wǎng nǎlǐ qù."

"Nǐ búshì lái xiū dībà de ma?" yǒurén wèn.

"Búshì. Wǒ xiǎng xiān míngbai shuǐ wèishénme huì dào zhèlǐ, tā běnlái xiǎng qù nǎlǐ. Xiǎng qīngchǔ le, wǒ zài kāishǐ."

Yǒuyìtiān, Yǔ lái dào le yígè cūnzi. Cūnzi de yí

第四章：研究水流

禹每天走在大地上，不管晴天还是下雨。他走过山，也走过田，走过村子，也走过大河边。

人们看到他，会问，"你是谁？你在找什么？"

禹总是笑着回答，"我是禹，我想治水。我想知道水是从哪里来的，要往哪里去。"

"你不是来修堤坝的吗？"有人问。

"不是。我想先明白水为什么会到这里，它本来想去哪里。想清楚了，我再开始。"

有一天，禹来到了一个村子。村子的一

bàn yǐjīng bèi shuǐ chōng zǒu le. Rénmen kàndào Yǔ lái le, dōu pǎo guòlái.

"Nǐ shì lái bāng wǒmen de ma?" yígè lǎorén wèn.

"Shìde. Dàn wǒ xiǎng xiān wèn nǐmen yìxiē wèntí."

"Nǐ wèn ba, zhǐyào néng ràng wǒmen búzài pà shuǐ, nǐ wèn shénme dōu xíng."

Yǔ ná chū zìjǐ huà de dìtú, zhǐzhe shān hé hé, "Shuǐ shì cóng nǎlǐ lái de? Yǐqián yěshì zhèyàng ma?"

Lǎorén diǎntóu, "Yǐqián yěyǒu shuǐ, dàn méi zhème dà. Wǔ nián qián nà chǎng dàyǔ hòu, shuǐ jiù yīzhí méi tíngguò."

Yǔ rènzhēn tīng, hái qù wèn háizi, wèn nóngfū, wèn shāo fàn de māma.

半已经被水冲走了。人们看到禹来了，
都跑过来。

"你是来帮我们的吗？"一个老人问。

"是的。但我想先问你们一些问题。"

"你问吧，只要能让我们不再怕水，你
问什么都行。"

禹拿出自己画的地图，指着山和河，
"水是从哪里来的？以前也是这样
吗？"

老人点头，"以前也有水，但没这么
大。五年前那场大雨后，水就一直没停
过。"

禹认真听，还去问孩子，问农夫，问烧
饭的妈妈。

"Nǐ wèishénme wèn zhème duō wèntí?" yǒu gè nánrén wèn.

"Yīnwèi wǒ xiǎng zhīdào rén shì zěnme hé shuǐ yīqǐ shēnghuó de," Yǔ shuō. "Wǒ búshì yào gēn shuǐ dǎjià, wǒ shì xiǎng zuò tā de péngyou, ràng tā zǒu duì de lù."

Dì èr tiān yìzǎo, Yǔ zǒu dào yìtiáo dà hé biān, dūn xiàlái, kàn shuǐ zěnme liú. Tā bǎ xiǎo mùtoupiàn fàng jìn shuǐ lǐ, kàn tā wǎng nǎ biān piāo.

Tā hái ná chū xiǎodāo, bǎ dìshang de shā hé shí màn man huá kāi, kàn shì búshì dìxià yěyǒu shuǐ liú chūlái.

Yígè lùguò de rén shuō, "Zhè búshì xiǎohái wán de yóuxì ma?"

Yǔ xiào le xiào, shuō, "wǒ shì zài xué shuǐ zěnme zǒu. Shuǐ zǒu de lù kěyǐ gàosù wǒmen hěnduō shì."

"你为什么问这么多问题？"有个男人问。

"因为我想知道人是怎么和水一起生活的，"禹说。"我不是要跟水打架，我是想做它的朋友，让它走对的路。"

第二天一早，禹走到一条大河边，蹲下来，看水怎么流。他把小木头片放进水里，看它往哪边漂。

他还拿出小刀，把地上的沙和石慢慢划开，看是不是地下也有水流出来。

一个路过的人说，"这不是小孩玩的游戏吗？"

禹笑了笑，说，"我是在学水怎么走。水走的路可以告诉我们很多事。"

"Nǐ yígèrén zěnme zhìshuǐ?" nà rén wèn.

"Wǒ yígèrén bùxíng. Dàn rúguǒ dàjiā yīqǐ zuò, wǒ xiāngxìn wǒmen néng xíng."

Guò le jǐ tiān, Yǔ lái dào le yígè shāngǔ. Zhèlǐ yǒu sāntiáo shānshàng lái de xiǎo héliú zài yīqǐ, biàn chéng yìtiáo dàhé. Měinián zhèlǐ de cūnzi dōuhuì bèi zhè tiáo hé yānmò.

Yǔ zuò xiàlái, kàn le yì zhěng tiān. Tā fāxiàn, "Yǒu yìtiáo xiǎohé de shuǐ tèbié jí, chōng dé tài kuài. Tā yí jìnlái, zhěng tiáo dàhé jiù tài mǎn le."

Tā shùnzhe zhè tiáo xiǎo hé wǎng shàng zǒu, ránhòu duì cūnmín shuō, "Rúguǒ wǒmen cóng zhè tiáo xiǎohé pángbiān kāi yìtiáo xiǎo qú, bǎ yíbùfen shuǐ yǐn dào lìng yībiān de shāngǔ, jiù bú huì yīxiàzi dōu chōng jìn cūnzi le."

"你一个人怎么治水？"那人问。

"我一个人不行。但如果大家一起做，我相信我们能行。"

过了几天，<u>禹</u>来到了一个山谷。这里有三条山上来的小河流在一起，变成一条大河。每年这里的村子都会被这条河淹没。

<u>禹</u>坐下来，看了一整天。他发现，"有一条小河的水特别急，冲得太快。它一进来，整条大河就太满了。"

他顺着这条小河往上走，然后对村民说，"如果我们从这条小河旁边开一条小渠，把一部分水引到另一边的山谷，就不会一下子都冲进村子了。"

Tā huà le yì zhāng xīn tú, nágěi cūnlǐ de lǎorén kàn.

"Wǒ yǒu gè bànfǎ, zhǐyào ràng zhè yìtiáo hé gǎi yì diǎndiǎn fāngxiàng, jiù néng ràng xiàmiàn de shuǐ màn xiàlái, búzài chōng huài nǐmen de jiā."

Lǎorénmen kàn le kàn, shuō, "Zhège bànfǎ kěyǐ shìyíshì."

Yǔ jìxù zǒu. Tā zǒu dào nǎlǐ, jiù kàndào nǎlǐ. Kàndào wèntí, jiù huà xiàlái, ránhòu zài xiǎng bànfǎ jiějué.

Tā fāxiàn, yǒuxiē dìfāng de shuǐ tài duō, shì yīnwèi shānshàng de shù bèi kǎn guāng le; yǒu de dìfāng hédào tài xiǎo, shuǐ méiyǒu dìfāng zǒu.

"Shuǐ búshì wǒmen de dírén, wǒmen líbùkāi shuǐ," Yǔ gàosù rénmen. "Wǒmen bùnéng zhǐshì lán

他画了一张新图，拿给村里的老人看。

"我有个办法，只要让这一条河改一点点方向，就能让下面的水慢下来，不再冲坏你们的家。"

老人们看了看，说，"这个办法可以试一试。"

禹继续走。他走到哪里，就看到哪里。看到问题，就画下来，然后再想办法解决。

他发现，有些地方的水太多，是因为山上的树被砍光了；有的地方河道太小，水没有地方走。

"水不是我们的敌人，我们离不开水，"禹告诉人们。"我们不能只是拦

zhù shuǐ, wǒmen yào bāng tā zhǎodào tā yīnggāi zǒu de lù."

Cóng nàtiān qǐ, Yǔ xīn lǐ yǒu le xīn de jìhuà. Tā zhīdào zhè hěn nán, yě yào yòng hěnduō nián, dàn tā yǐjīng zhǔnbèi hǎo le.

住水，我们要帮它找到它应该走的路。"

从那天起，<u>禹</u>心里有了新的计划。他知道这很难，也要用很多年，但他已经准备好了。

Dì Wǔ Zhāng: Kāi Qú Yǐnshuǐ

Yǔ kàn le hěnduō dìfāng, yě xiǎng le hěnduō tiān. Tā fāxiàn, shuǐ búshì bùnéng zhì, ér shì bùnéng zhǐ yòng yì zhǒng bànfǎ zhì.

"Rúguǒ shuǐ cóng gāo de dìfāng xiàlái, wǒmen bùnéng lánzhù tā, wǒmen yào gěi tā zhǎodào yìtiáo kěyǐ zǒu de lù," Yǔ shuō.

Yúshì, tā kāishǐ zuò yí jiàn xīn de shì: kāi qú yǐnshuǐ.

Tā dài le jǐ gè rén, lái dào yígè shānxià de cūnzi. Zhèlǐ měinián dōuhuì bèi shuǐ yān. Yǔ kànguò hòu shuō, "Wǒmen kěyǐ cóng zhè biān kāi yìtiáo xiǎohé, bǎ shuǐ yǐn dào dàhé lǐ qù."

"Zhèyàng kěyǐ ma?" cūnmín yǒudiǎn bù xiāngxìn.

第五章：开渠引水

<u>禹</u>看了很多地方，也想了很多天。他发现，水不是不能治，而是不能只用一种办法治。

"如果水从高的地方下来，我们不能拦住它，我们要给它找到一条可以走的路，"<u>禹</u>说。

于是，他开始做一件新的事：开渠引水。

他带了几个人，来到一个山下的村子。这里每年都会被水淹。<u>禹</u>看过后说，"我们可以从这边开一条小河，把水引到大河里去。"

"这样可以吗？"村民有点不相信。

"Wǒmen xiān shìyíshì, yīnggāi bú huì yǒu wèntí de."

Yǔ qīnzì ná qǐ gōngjù, hé dàjiā yīqǐ wā dì. Tā měitiān dōu hé gōngrénmen yīqǐ gōngzuò, yīqǐ chīfàn, yīqǐ shuìjiào.

"Yǔ dàrén, nǐ búyòng hé wǒmen yīqǐ gàn de, nǐ zhǐyào zhǐhuī wǒmen jiù kěyǐ le," yígè niánqīng rén shuō.

"Wǒmen dōu xīwàng nénggòu yǒu bànfǎ zhìshuǐ, wǒ hé nǐmen méiyǒu bù yīyàng," Yǔ yībiān cā hàn yībiān huídá.

Dàjiā kàn tā nàme rènzhēn, yě dōu gèngjiā nǔlì gōngzuò.

"Zài wā yīhuǐ'er, dàjiā jiù xiūxi yíxià ba!"

"我们先试一试，应该不会有问题的。"

禹亲自拿起工具，和大家一起挖地。他每天都和工人们一起工作，一起吃饭，一起睡觉。

"禹大人，你不用和我们一起干的，你只要指挥我们就可以了，"一个年轻人说。

"我们都希望能够有办法治水，我和你们没有不一样，"禹一边擦汗一边回答。

大家看他那么认真，也都更加努力工作。

"再挖一会儿，大家就休息一下吧！"

Yǔ xiàozhe gǔlì dàjiā.

Yǒu shíhou, wǎnshang xià yǔ le, zǎoshang ní hěnduō, Yǔ dàizhe dàjiā zǒulù, diē dào zài ní lǐ.

Yǔ zhàn qǐlái pāi pāi shēnshang de ní, shuō, "Méishì, zǒu ba, wǒmen jìxù."

Jīngguò èrshí duō tiān, yìtiáo xīn de xiǎohé bèi wā chūlái le. Dì yī chǎng yǔ lái de shíhou, shuǐ zhēn de méiyǒu zài liú jìn cūnzi, érshì cóng nà tiáo xiǎohé liú jìn le dàhé.

"Wǒmen chénggōng le!" dàjiā gāoxìng de dà jiào.

Háizimen yě zài xiǎo hé biān wán shuǐ, yībiān xiào yībiān wèn, "Zhè shì Yǔ dàrén zuò de ma?"

"Shì a, tā ràng wǒmen búyòng zài hàipà shuǐ le."

禹笑着鼓励大家。

有时候，晚上下雨了，早上泥很多，禹带着大家走路，跌到在泥里。

禹站起来拍拍身上的泥，说，"没事，走吧，我们继续。"

经过二十多天，一条新的小河被挖出来了。第一场雨来的时候，水真的没有再流进村子，而是从那条小河流进了大河。

"我们成功了！"大家高兴地大叫。

孩子们也在小河边玩水，一边笑一边问，"这是禹大人做的吗？"

"是啊，他让我们不用再害怕水了。"

Zhège xiāoxi hěn kuài chuán dào le bié de dìfāng.
Yuè lái yuè duō de rén lái zhǎo Yǔ, qǐng tā qù zìjǐ de
cūnzi kàn kàn.

"Wǒmen zhèlǐ shuǐ yě hěnduō, néng bùnéng bāng
wǒmen xiǎng bànfǎ?"

Yǔ dōu shuō, "Kěyǐ, dàn wǒ yào xiān kàn kàn, shuǐ
cóng nǎlǐ lái, wǎng nǎlǐ qù."

Tā zǒu dào nǎlǐ, jiù kàndào nǎlǐ. Kàndào wèntí, jiù hé
cūnlǐ de rén yīqǐ tǎolùn.

Tā gàosù rénmen, "Fā hóngshuǐ búshì yígè cūnzi de
shì, shuǐ huì zǒuguò hěnduō cūnzhuāng. Suǒyǐ
wǒmen měigè rén dōu yào bāng tā zhǎodào duì de
lù."

Tā shèjì le hěnduō tiáo shuǐdào, bǎ shuǐ cóng
shānshàng màn man yǐn xiàqù, zài liú dào dàhé, zài
liú jìn dàhǎi.

这个消息很快传到了别的地方。越来越多的人来找禹，请他去自己的村子看看。

"我们这里水也很多，能不能帮我们想办法？"

禹都说，"可以，但我要先看看，水从哪里来，往哪里去。"

他走到哪里，就看到哪里。看到问题，就和村里的人一起讨论。

他告诉人们，"发洪水不是一个村子的事，水会走过很多村庄。所以我们每个人都要帮它找到对的路。"

他设计了很多条水道，把水从山上慢慢引下去，再流到大河，再流进大海。

"Shuǐ zhǐyào yǒu zìjǐ de lù, jiù bú huì lái hài rén le."
Yǔ zhème gàosù dàjiā.

Hěnduō cūnzi kāishǐ yǒu le zìjǐ de xiǎohé, xiǎo qú, hái
yǒu xīn de tiándì. Dàjiā kěyǐ ānxīn zhòngtián, zhù zài
jiālǐ, búzài pà shuǐ lái le.

Yǒu de rén wèn tā, "Nǐ yǐjīng chénggōng le,
wèishénme hái bù tíngxià?"

Yǔ xiàozhe shuō, "Yīnwèi hái yǒurén zhù zài shuǐ
biān, hái yǒurén méiyǒu ānquán de jiā."

Yúshì, tā dàizhe dìtú, dàizhe gōngjù, jìxù wǎng xià
yígè dìfāng zǒu qù.

"水只要有自己的路，就不会来害人了。"禹这么告诉大家。

很多村子开始有了自己的小河、小渠，还有新的田地。大家可以安心种田，住在家里，不再怕水来了。

有的人问他，"你已经成功了，为什么还不停下？"

禹笑着说，"因为还有人住在水边，还有人没有安全的家。"

于是，他带着地图，带着工具，继续往下一个地方走去。

Dì Liù Zhāng: Bù Huí Jiā De Shísān Nián

Zài kāishǐ zhìshuǐ gōngzuò qián, Yǔ huíguò yícì jiā. Tā de jiā zài yízuò xiǎo shān xià, nà shí, tā gāng hé qīzi jiéhūn bùjiǔ.

"Wǒ yào qù zhìshuǐ, qù wánchéng fùqīn méiyǒu wánchéng de shìyè, wǒ kěnéng yào líkāi jiā hěnduō nián," Yǔ lāzhe qīzi de shǒu shuō.

"Nǐ shì wèile tiānxià de rén." Qīzi kànzhe tā, diǎndiǎn tóu, "Wǒ huì zài jiā děng nǐ huílái."

Nà nián chūntiān, tā líkāi le jiā, kāishǐ zǒubiàn jiǔzhōu, dàochù yánjiū shuǐ de liúxiàng.

Yǔ líkāi jiā hòu bùjiǔ, qīzi shēng xià le tāmen de érzi, míng jiào Qǐ.

Cǐ shí de Yǔ zài wàimiàn zǒu lái zǒu qù, kàn hé, kàn

第六章：不回家的十三年

在开始治水工作前，禹回过一次家。他的家在一座小山下，那时，他刚和妻子结婚不久。

"我要去治水，去完成父亲没有完成的事业，我可能要离开家很多年，"禹拉着妻子的手说。

"你是为了天下的人。"妻子看着他，点点头，"我会在家等你回来。"

那年春天，他离开了家，开始走遍九州，到处研究水的流向。

禹离开家后不久，妻子生下了他们的儿子，名叫启。

此时的禹在外面走来走去，看河，看

shān, kàn nǎlǐ shuǐ duō, nǎlǐ kěyǐ kāi qú.

Qǐ zhǎng dé hěn jiànkāng, yě hěn cōngmíng. Tā jīngcháng wèn māma, "Māma, qítā xiǎo péngyou dōu yǒu bàba, wǒ de bàba ne?"

"Nǐ bàba chūqù wánchéng yí xiàng wěidà de shìyè, tā zài bāngzhù hěnduō rén," Māma bàozhe Qǐ shuō, "děng nǐ zhǎng dà le, bàba jiù huílái le."

Yǔ hái zài wàimiàn zhìshuǐ.

Dì èr nián, dì sān nián…… tā cóng běi dào nán, cóng dōng dào xī, zǒu le hěnduō dìfāng. Tā měitiān hé shuǐ dǎjiāodào, hé rén liáotiān, hé gōngrén yīqǐ gàn huó, yīqǐ zǒu zài ní dì lǐ, shuì zài shāndòng lǐ.

Yǒuyícì, tā dào le yígè lí jiā bù yuǎn de dìfāng.

"Yǔ dàrén, nín jiā jiù zài zhè fùjìn ba? Yào búyào

山，看哪里水多，哪里可以开渠。

启长得很健康，也很聪明。他经常问妈妈，"妈妈，其他小朋友都有爸爸，我的爸爸呢？"

"你爸爸出去完成一项伟大的事业，他在帮助很多人，"妈妈抱着启说，"等你长大了，爸爸就回来了。"

禹还在外面治水。

第二年、第三年……他从北到南，从东到西，走了很多地方。他每天和水打交道，和人聊天，和工人一起干活，一起走在泥地里，睡在山洞里。

有一次，他到了一个离家不远的地方。

"禹大人，您家就在这附近吧？要不要

huíqù kàn kàn?” yígè gōngrén wèn.

Yǔ wàngzhe nà tiáo huí jiā de xiǎolù, kàn le hěnjiǔ. Tā zhīdào, qīzi hé érzi jiù zhù zài bù yuǎn de dìfāng.

Tā jìng le yīhuǐ'er, ránhòu qīng qīng yáotóu, shuō, “Bùnéng huíqù.”

“Wèishénme? Yǐjīng guò le hěnduō nián le a,” gōngrén wèn.

Yǔ dītóu kànzhe dìtú, yòu táitóu kànzhe shān, tàn le kǒuqì shuō, “Wǒ pà wǒ yì huíqù, jiù bùxiǎng zài líkāi le.”

Tā xiào le xiào, yǎn lǐ què yǒuxiē shīrùn.

“Rúguǒ wǒ jiàn dào tāmen, wǒ kěnéng jiù shěbudé zǒu. Dàn wǒ de gōngzuò, hái méiyǒu wánchéng.”

回去看看？”一个工人问。

禹望着那条回家的小路，看了很久。他知道，妻子和儿子就住在不远的地方。

他静了一会儿，然后轻轻摇头，说，"不能回去。"

"为什么？已经过了很多年了啊，"工人问。

禹低头看着地图，又抬头看着山，叹了口气说，"我怕我一回去，就不想再离开了。"

他笑了笑，眼里却有些湿润。

"如果我见到他们，我可能就舍不得走。但我的工作，还没有完成。"

Tā shuō wán, zhuǎnshēn jìxù wǎng qián zǒu le.

Ér zài jiālǐ, qīzi chángcháng zhàn zài ménkǒu, wàngzhe shān nà biān, děng tā huílái. Érzi Qǐ màn man zhǎng dà, yě chángcháng wèn, "māma, bàba zhǎng shénme yàng?"

"Tā gāo gāo de, hěn shòu, yě hěn ānjìng. Tā shì yígè duì dàjiā hěn hǎo de rén."

Yǒushí, Qǐ xiǎoshēng de shuō, "bàba xiànzài zài nǎlǐ?"

Shíjiān yì nián yì nián guòqù.

Yǔ de tóufa bái le, jiǎo shàng de shāng yuè lái yuè duō, kě tā méiyǒu tíng xià. Tā kāi le yuè lái yuè duō de shuǐdào, ràng shuǐ liú dào hǎilǐ, búzài yān sǐ rén.

Shísān nián guòqù le.

他说完，转身继续往前走了。

而在家里，妻子常常站在门口，望着山那边，等他回来。儿子启慢慢长大，也常常问，"妈妈，爸爸长什么样？"

"他高高的，很瘦，也很安静。他是一个对大家很好的人。"

有时，启小声地说，"爸爸现在在哪里？"

时间一年一年过去。

禹的头发白了，脚上的伤越来越多，可他没有停下。他开了越来越多的水道，让水流到海里，不再淹死人。

十三年过去了。

Nà yì nián, tā zhìshuǐ gōngzuò zhōng dì sān cì lùguò zìjǐ jiā fùjìn. Tā zhàn zài shānxià, kànzhe nà tiáo huí jiā de xiǎolù, yǎn lǐ dōu shì lèishuǐ.

"Wǒ de érzi, xiànzài shísān suì le."

"Wǒ cuòguò le tā de chūshēng, cuòguò le tā de chéngzhǎng," Yǔ xiǎoshēng duì zìjǐ shuō.

"Nà nín xiànzài yào búyào huíqù kàn kàn?" lǎorén wèn.

Yǔ kàn le kàn dìtú, yòu kànzhe bù yuǎn de xiǎoshān.

Tā tàn le yì kǒu qì, shuō, "Bùxíng, hái yǒu hěnduō dìfāng xūyào wǒ."

Shuō wán, tā bēi shàng dìtú, zǒu jìn le shānlín.

那一年，他治水工作中第三次路过自己家附近。他站在山下，看着那条回家的小路，眼里都是泪水。

"我的儿子，现在十三岁了。"

"我错过了他的出生，错过了他的成长，"禹小声对自己说。

"那您现在要不要回去看看？"老人问。

禹看了看地图，又看着不远的小山。

他叹了一口气，说，"不行，还有很多地方需要我。"

说完，他背上地图，走进了山林。

Dì Qī Zhāng: Shuǐguài Gòng Gōng

Yǔ yǐjīng zǒuguò hěnduō dìfāng, xiū le hěnduō shuǐdào, kāi le hěnduō xiǎohé. Tā de míngzi chuán dào le sìmiànbāfāng.

"Yǔ dàrén lái le, tā néng ràng shuǐ tīnghuà!"

"Tā kāi de hé ràng wǒmen de cūnzi ānquán le."

Dàn jiù zài zhè shíhou, yǒurén pǎo lái shuō, "běibiān chū dàshì le! Dàhé bù tīnghuà le, shuǐ yuè lái yuè duō, hǎoxiàng yǒu gè guàiwù zài shuǐ lǐ!"

Yǔ mǎshàng dài rén gǎn qù běibiān.

Nàtiān wǎnshang, běibiān de tiān shì hóng de, fēng chuī dé shù dōu zài dòng, shuǐ lǐ de shēngyīn xiàng shénme dōngxī zài shēngqì.

第七章：水怪<u>共工</u>

<u>禹</u>已经走过很多地方，修了很多水道，开了很多小河。他的名字传到了四面八方。

"<u>禹</u>大人来了，他能让水听话！"

"他开的河让我们的村子安全了。"

但就在这时候，有人跑来说，"北边出大事了！大河不听话了，水越来越多，好像有个怪物在水里！"

<u>禹</u>马上带人赶去北边。

那天晚上，北边的天是红的，风吹得树都在动，水里的声音像什么东西在生气。

Yǔ zhàn zài hé biān, kànzhe hēi hēi dǒ shuǐ. Tā tūrán kàndào shuǐ lǐ yǒu liǎng gè liàng liàng de hóng yǎnjing.

"Nà shì shénme?" yígè niánqīng rén wèn.

"Shì Gòng Gōng," yígè lǎorén shēngyīn fādǒu de shuō.

"Gòng Gōng?" dàjiā dōu xià le yí tiào.

"Shì zhù zài shuǐ lǐ de guàiwù, tā xǐhuan ràng shuǐ luàn liú. Jǐ bǎi nián qián jiù liúchuán tā de gùshi, xiànzài tā yòu lái le."

Yǔ méiyǒu shuōhuà, zhǐshì kànzhe nà shuāng yǎnjing.

"Nǐ kuài zǒu ba!" yǒurén shuō. "Zhè shì shénguài, wǒmen bùnéng dǎbài tā de."

Yǔ yáotóu, "Wǒ bùnéng zǒu. Wǒ zài zhèlǐ shì wèile ràng rénmen búzài pà shuǐ. Rúguǒ wǒ pà le, nà dàjiā

禹站在河边，看着黑黑的水。他突然看到水里有两个亮亮的红眼睛。

"那是什么？"一个年轻人问。

"是共工，"一个老人声音发抖地说。

"共工？"大家都吓了一跳。

"是住在水里的怪物，它喜欢让水乱流。几百年前就流传它的故事，现在它又来了。"

禹没有说话，只是看着那双眼睛。

"你快走吧！"有人说。"这是神怪，我们不能打败它的。"

禹摇头，"我不能走。我在这里是为了让人们不再怕水。如果我怕了，那大家

jiù gèng pà."

Nàtiān wǎnshang, shuǐ yuè lái yuè dà, shēngyīn yuè lái yuè xiǎng. Tūrán, shuǐmiàn shàng tiàochū le yígè hēi hēi de dà guàiwù.

Tā yǒu niú de tóu, yú de shēnzi, hái yǒu hěn dà de shǒu. Tā yībiān jiào, yībiān pāidǎ shuǐmiàn, shuǐ yíxiàzi chōng le chūlái.

"Jiùshì tā! Tā shì Gòng Gōng!"

Rénmen xià dé wǎng hòu zhàn, kěshì Yǔ méiyǒu dòng. Tā zhàn zài nàlǐ, kànzhe Gòng Gōng.

"Nǐ wèishénme ràng shuǐ luàn liú? Rénmen yǐjīng shēnghuó dé hěn kǔ le," Yǔ dàshēng wèn.

Gòng Gōng méiyǒu shuōhuà, zhǐshì jìxù pāidǎzhe shuǐ. Tā xiǎng ràng héshuǐ quán chōng dào cūnzi lǐ.

就更怕。”

那天晚上，水越来越大，声音越来越响。突然，水面上跳出了一个黑黑的大怪物。

它有牛的头，鱼的身子，还有很大的手。它一边叫，一边拍打水面，水一下子冲了出来。

“就是它！它是共工！”

人们吓得往后站，可是禹没有动。他站在那里，看着共工。

“你为什么让水乱流？人们已经生活得很苦了，”禹大声问。

共工没有说话，只是继续拍打着水。它想让河水全冲到村子里。

Yǔ bǎ shǒu jǔ qǐlái, dàshēng hǎn, "Wǒ búshì lái dǎ nǐ de, wǒ shì lái ràng shuǐ zǒu duì de lù. Nǐ yàoshi zàibu tīng, wǒ jiù jiào jīnlóng lái bāngmáng!"

Tūrán, tiānshàng xiǎng le yīshēng léi, tiānbiān chūxiàn le yìtiáo jīnsè de lóng.

Lóng fēi le guòlái, tíng zài Yǔ de shēnbiān.

"Wǒ lái bāng nǐ," lóng shuō.

Yǔ qí shàng lóng, fēi dào Gòng Gōng miànqián.

"Wǒmen bùnéng ràng tā zài zhèyàng le," lóng shuōzhe, tǔchū yídào jīnguāng, bǎ Gòng Gōng dǎ huí shuǐ lǐ.

Gòng Gōng zài shuǐ lǐ fāngǔn, dà jiào. Tā zuìhòu kàn le Yǔ yīyǎn, tiào jìn shuǐdǐ, xiāoshī le.

Shuǐ màn man ānjìng xiàlái, fēng yě tíng le. Tiānshàng kāishǐ

禹把手举起来，大声喊，"我不是来打你的，我是来让水走对的路。你要是再不听，我就叫金龙来帮忙！"

突然，天上响了一声雷，天边出现了一条金色的龙。

龙飞了过来，停在禹的身边。

"我来帮你，"龙说。

禹骑上龙，飞到共工面前。

"我们不能让它再这样了，"龙说着，吐出一道金光，把共工打回水里。

共工在水里翻滚，大叫。它最后看了禹一眼，跳进水底，消失了。

水慢慢安静下来，风也停了。天上开始

chūxiàn xīngxīng.

Rénmen cóng shānshàng zǒu xiàlái, kànzhe Yǔ hé jīnlóng.

"Nǐ zuò dào le! Nǐ zhēn de bǎ shuǐguài gǎn zǒu le!"

Yǔ cóng lóng bèi shàng tiào xiàlái, xiào le xiào, "Búshì wǒ yígèrén, shì dàjiā de xīn zài yīqǐ. Shuǐguài pà de shì wǒmen dàjiā yì tiáo xīn."

Nà tiáo jīnlóng kànzhe Yǔ shuō, "Nǐ shì yígè zhēnzhèng gěi rénmín zuòshì de rén. Yǐhòu zhǐyào nǐ xūyào, wǒ dōuhuì lái bāngzhù nǐ."

Shuō wán, jīnlóng fēi jìn tiānbiān de yún lǐ, bújiàn le.

Yǔ kànzhe píngjìng de shuǐmiàn, xīnlǐ shuō, "Shuǐzhōng yěyǒu guàiwù, dàn guàiwù yě huì pà yòngxīn de rén."

Nà yíyè, rénmen yòu chànggē, yòu tiàowǔ. Lǎorén

出现星星。

人们从山上走下来，看着禹和金龙。

"你做到了！你真的把水怪赶走了！"

禹从龙背上跳下来，笑了笑，"不是我一个人，是大家的心在一起。水怪怕的是我们大家一条心。"

那条金龙看着禹说，"你是一个真正给人民做事的人。以后只要你需要，我都会来帮助你。"

说完，金龙飞进天边的云里，不见了。

禹看着平静的水面，心里说，"水中也有怪物，但怪物也会怕用心的人。"

那一夜，人们又唱歌，又跳舞。老人

shuō, "jīntiān de xīngxīng tèbié liàng, shì yīnwèi shuǐ tīnghuà le."

Cǐkè, Yǔ méiyǒu gēn dàjiā yīqǐ. Tā yígèrén zuò zài shānshàng, kànzhe tiānshàng de xīngxīng, xiǎngzhe jiā.

说，"今天的星星特别亮，是因为水听话了。"

此刻，<u>禹</u>没有跟大家一起。他一个人坐在山上，看着天上的星星，想着家。

Dì Bā Zhāng: Shānshén De Bāngzhù

Shuǐguài Gòng Gōng bèi gǎn zǒu yǐhòu, běibiān de dàhé ānjìng le. Rénmen kāishǐ zhòngtián, gài fángzi, háizimen yě kěyǐ huí dào xuéxiào le.

"Xièxiè Yǔ dàrén! Nǐ ràng wǒmen yòu yǒu jiā le!"

Yǔ méiyǒu tíng xià. Tā shuō, "Gòng Gōng zǒu le, kě shuǐ de lù hái méi wánquán tōng. Wǒ yào jìxù wǎng xībiān zǒu."

Tā dàizhe rén, fānguò gāoshān, zǒu jìn yígè shāngǔ. Zhège dìfāng dìxíng tèbié, shāngāo, shuǐ jí, shuǐ chángcháng yíxiàzi cóng shānshàng chōng xiàlái, bǎ xiàmiàn de cūnzi chōng dé shénme dōu méiyǒu le.

"Zhèlǐ de shuǐ gèng nán zhì." Yǔ kànzhe dìtú shuō.

Tāmen shìzhe wā shuǐdào, bān shítou, dàn shuǐ háishì bù

第八章：山神的帮助

水怪共工被赶走以后，北边的大河安静了。人们开始种田，盖房子，孩子们也可以回到学校了。

"谢谢禹大人！你让我们又有家了！"

禹没有停下。他说，"共工走了，可水的路还没完全通。我要继续往西边走。"

他带着人，翻过高山，走进一个山谷。这个地方地形特别，山高、水急，水常常一下子从山上冲下来，把下面的村子冲得什么都没有了。

"这里的水更难治。"禹看着地图说。

他们试着挖水道、搬石头，但水还是不

tíng de lái. Yǒuyìtiān, dàyǔ xià le sān tiān sān yè, Yǔ de shuǐdào yě bèi chōng huài le.

"Zěnme bàn?" rénmen wèn.

"Zhè shuǐ jiù xiàng shì cóng tiānshàng diào xiàlái de," Yǔ shuō. "Wǒmen hái bùgòu liǎojiě zhè zuò shān."

Nàtiān wǎnshang, Yǔ yígèrén zǒu jìn shānlín. Tā xiǎng zhǎo yígè gāo de dìfāng, kàn shuǐ shì zěnme cóng shān shàng liú xiàlái de.

Tā pá le yì zhěng yè de shān, zhōngyú lái dào le shāndǐng.

Shāndǐng de fēng hěn dà, wù yě hěn nóng. Yǔ zuò zài yíkuài shítou shàng, bì shàng yǎn tīng shuǐliú de shēngyīn, xiǎng le hěnjiǔ.

Tūrán, tā tīng dào yígè dī dī de shēngyīn, "Nǐ lái zhèlǐ, shì wèile shénme?"

停地来。有一天，大雨下了三天三夜，禹的水道也被冲坏了。

"怎么办？"人们问。

"这水就像是从天上掉下来的，"禹说。"我们还不够了解这座山。"

那天晚上，禹一个人走进山林。他想找一个高的地方，看水是怎么从山上流下来的。

他爬了一整夜的山，终于来到了山顶。

山顶的风很大，雾也很浓。禹坐在一块石头上，闭上眼听水流的声音，想了很久。

突然，他听到一个低低的声音，"你来这里，是为了什么？"

Yǔ zhāng kāi yǎn, kànjiàn yígè bái húzi lǎorén zhàn zài tā qiánmiàn.

"Nǐ shì…… shānshén?" Yǔ xiǎoshēng wèn.

Lǎorén diǎntóu, shuō, "Nǐ búpà shān, yě búpà shuǐ, nǐ shì lái hé tāmen zuò péngyou de ma?"

"Shìde," Yǔ zhàn qǐlái, "wǒ bùxiǎng lánzhù shuǐ, wǒ zhǐ xiǎng ràng tā zǒu duì de lù, ràng rénmen hé dà zìrán yīqǐ hǎo hào shēnghuó."

Lǎorén kànzhe tā, diǎn le diǎntóu, "Hěnduō rén láiguò shānshàng, kě tāmen dōu xiǎng yòng lìqì dǎngzhù shuǐ, zhǐyǒu nǐ…… shì xiǎng tīng shuǐ de huà."

Shuō wán, lǎorén cóng yīfu lǐ ná chū yíkuài yù, liàng liàng de, shàngmiàn yǒu yìxiē jīnsè de xiàn.

"Zhè shì shān de yù fú. Tā kěyǐ ràng nǐ tīng dǒng shān de

禹张开眼，看见一个白胡子老人站在他前面。

"你是……山神？"禹小声问。

老人点头，说，"你不怕山，也不怕水，你是来和它们做朋友的吗？"

"是的，"禹站起来，"我不想拦住水，我只想让它走对的路，让人们和大自然一起好好生活。"

老人看着他，点了点头，"很多人来过山上，可他们都想用力气挡住水，只有你……是想听水的话。"

说完，老人从衣服里拿出一块玉，亮亮的，上面有一些金色的线。

"这是山的玉符。它可以让你听懂山的

shēngyīn, yě néng ràng shān tīng dǒng nǐ shuō de
huà."

Yǔ jiēguò yù, shuāngshǒu hé qǐlái, "Xièxiè nín. Wǒ
yīdìng huì hǎohǎo shǐyòng tā."

Lǎorén xiào le xiào, màn man de zǒu jìn wù lǐ, zuìhòu
bújiàn le.

Dì èr tiān, Yǔ huí dào rénqún zhōng. Tā bǎ yù fàng
zài ěr biān, tīng dào le hěnduō shuǐ de shēngyīn,
"Wǒmen yào liú dào dōngbiān, bùxiǎng dǔ zài shítou
hòu."

"Nà biān de dì tài dī, wǒmen bùnéng yīzhí zài nàlǐ."

Yǔ tīng le yǐhòu, mǎshàng gǎi le shuǐdào de dìfāng.
Dàjiā yòu kāishǐ wā qú, bān tǔ, ànzhào xīn fāngfǎ jìxù
gōngzuò.

Bú dào wǔ tiān, xīn shuǐdào zuò hǎo le. Zhè yícì, shuǐ

声音，也能让山听懂你说的话。"

禹接过玉，双手合起来，"谢谢您。我一定会好好使用它。"

老人笑了笑，慢慢地走进雾里，最后不见了。

第二天，禹回到人群中。他把玉放在耳边，听到了很多水的声音，"我们要流到东边，不想堵在石头后。"

"那边的地太低，我们不能一直在那里。"

禹听了以后，马上改了水道的地方。大家又开始挖渠，搬土，按照新方法继续工作。

不到五天，新水道做好了。这一次，水

liú dé hěn shùn, búdàn méiyǒu zài yān dì, tián lǐ de
shuǐ yě gānggāng hǎo.

"Zhè cì shuǐ zhēn de tīnghuà le!" cūnmín gāoxìng de
shuō.

Yǔ diǎntóu, "Shì shān gàosù le wǒ shuǐ yīnggāi
zěnme zǒu."

Rénmen juéde hěn shénqí, "Yǔ dàrén shì búshì yǒu
shénme fǎbǎo?"

"Búshì fǎbǎo, shì shān yuànyì bāng wǒmen, yīnwèi
wǒmen xiǎng hé tā zuò péngyou."

Cóng nà yǐhòu, Yǔ měi dào yígè xīn dìfāng, jiù xiān
ānjìng de tīng. Tā tīng fēng de shēngyīn, tīng shuǐ de
shēngyīn, yě tīng dì de shēngyīn, tīng suǒyǒu dà
zìrán de shēngyīn.

"Shuǐ hé shān dōu shì wǒmen de péngyou, zhǐshì
yǐqián méi

流得很顺，不但没有再淹地，田里的水也刚刚好。

"这次水真的听话了！"村民高兴地说。

<u>禹</u>点头，"是山告诉了我水应该怎么走。"

人们觉得很神奇，"<u>禹</u>大人是不是有什么法宝？"

"不是法宝，是山愿意帮我们，因为我们想和它做朋友。"

从那以后，<u>禹</u>每到一个新地方，就先安静地听。他听风的声音，听水的声音，也听地的声音，听所有大自然的声音。

"水和山都是我们的朋友，只是以前没

rén tīng tāmen shuōhuà." Yǔ gàosù dàjiā.

Yù yīzhí guà zài Yǔ de xiōng qián, xiàng yì kē liàng liàng de xīng, zhào liàng tā zǒu de měi yìtiáo shuǐlù.

人听它们说话。"禹告诉大家。

玉一直挂在禹的胸前，像一颗亮亮的星，照亮他走的每一条水路。

Dì Jiǔ Zhāng: Cháo Zhōng De Xiǎo Rén

Dàyǔ tíng le, shuǐdào yě tōng le. Cóng nán dào běi, cóng dōng dào xī, hěnduō dìfāng de shuǐ dōu búzài luàn liú le.

Rénmen dōu shuō, "Yǔ dàrén ràng wǒmen de jiā gèng ānquán le."

Hái yǒu rén shuō, "Yǐqián wǒmen lián fàn dōu chībúshàng, xiànzài kěyǐ zhòng dì, fàng niú, zhòng cài le."

Háizimen yě zài hé biān wán shuǐ, lǎorénmen zuò zài shù xià, xiàozhe shuō, "Wǒmen búpà shuǐ le, zhēn hǎo, wǒmen yīnggāi hǎohǎo xièxie Yǔ dàrén."

Zhèxiē huà màn man chuán jìn le huánggōng.

Huángdì tīngzhe dàchén bàogào, "Yǔ qù le nǎlǐ? Xiànzài zěnmeyàng le?"

第九章：朝中的小人

大雨停了，水道也通了。从南到北，从东到西，很多地方的水都不再乱流了。

人们都说，"<u>禹</u>大人让我们的家更安全了。"

还有人说，"以前我们连饭都吃不上，现在可以种地、放牛、种菜了。"

孩子们也在河边玩水，老人们坐在树下，笑着说，"我们不怕水了，真好，我们应该好好谢谢<u>禹</u>大人。"

这些话慢慢传进了皇宫。

皇帝听着大臣报告，"<u>禹</u>去了哪里？现在怎么样了？"

"Tā qù le xīnánbiān de shāngǔ, gānggāng kāi le yìtiáo dà shuǐdào."

"Hǎo," huángdì diǎntóu, "tā zhēnshi yígè gěi rénmín zuòshìde hǎorén."

Kěshì, zài dàdiàn de yìjiǎo, yǒu liǎng gè rén zài qiāoqiāo shuōhuà.

"Nǐ tīngjiàn le ma? Yòu shì Yǔ de shì."

"Shì a, dàjiā dōu shuō tā hǎo, lián huángshàng yě dōu tīng tā de."

"Wǒmen zěnme bàn? Tā zuò dé yuè duō, huángshàng yuè xǐhuan tā."

"Wǒmen déi xiǎng bànfǎ. Bùnéng ràng tā jìxù zuò xiàqù le."

"他去了西南边的山谷，刚刚开了一条大水道。"

"好，"皇帝点头，"他真是一个给人民做事的好人。"

可是，在大殿的一角，有两个人在悄悄说话。

"你听见了吗？又是禹的事。"

"是啊，大家都说他好，连皇上也都听他的。"

"我们怎么办？他做得越多，皇上越喜欢他。"

"我们得想办法。不能让他继续做下去了。"

Zhè liǎng gè rén shì cháo zhōng de liǎng gè huài dàchén. Tāmen bùxiǎngzhe gěi rénmín zuòshì, zhǐ xiǎngzhe quánlì hé qián.

Nàtiān wǎnshang, tāmen tōutōu de bǎ Yǔ huà de shuǐdào tú ná chūlái, gǎi le jǐ tiáo hé de fāngxiàng.

"Zhè tiáo hé wǒmen ràng tā wǎng cūnzi nà biān zǒu."

"Duì, děng xià cì xià yǔ, cūnzi jiù huì bèi shuǐ yān."

"Dào shíhou dàjiā jiù huì shuō, 'Yǔ de shuǐdào bù hǎo,' hā hā hā."

Jǐ tiān hòu, zhēn de xià yǔ le.

Yǔ nà biān de gōngrén fàxiàn shuǐliú hé tú bù yīyàng, "Qíguài, shuǐ wèishénme wǎng nà biān qù le? Nàlǐ shì cūnzi a!"

这两个人是朝中的两个坏大臣。他们不想着给人民做事，只想着权力和钱。

那天晚上，他们偷偷地把禹画的水道图拿出来，改了几条河的方向。

"这条河我们让它往村子那边走。"

"对，等下次下雨，村子就会被水淹。"

"到时候大家就会说，'禹的水道不好，'哈哈哈。"

几天后，真的下雨了。

禹那边的工人发现水流和图不一样，"奇怪，水为什么往那边去了？那里是村子啊！"

"Kuài qù tōngzhī Yǔ dàrén!"

Yǔ gǎn dào shí, shuǐ yǐjīng yān jìn le cūnzi, yìxiē rén
zhèngzài wǎng gāo chù pǎo.

"Kuài, xiān jiù rén!" Yǔ dàshēng hǎn.

Tā hé gōngrénmen yīqǐ bān shítou, yǐnshuǐ líkāi
cūnzi, yòu bāng rénmen bǎ tāmen de dōngxī bān
chūlái.

Jǐ gè xiǎoshí hòu, shuǐ tuì le.

"Yǔ dàrén, wèishénme shuǐ huì tūrán gǎidào?"

"Shì búshì yǒurén tōutōu gǎi le tú?" yígè lǎorén
shuō.

Yǔ kànzhe shuǐdào tú, diǎntóu shuō, "Zhè búshì wǒ
huà de tú. Yǒurén dòngguò."

"Shì shuí zhème huài?" rénmen shēngqì de shuō.

"快去通知禹大人！"

禹赶到时，水已经淹进了村子，一些人正在往高处跑。

"快，先救人！"禹大声喊。

他和工人们一起搬石头，引水离开村子，又帮人们把他们的东西搬出来。

几个小时后，水退了。

"禹大人，为什么水会突然改道？"

"是不是有人偷偷改了图？"一个老人说。

禹看着水道图，点头说，"这不是我画的图。有人动过。"

"是谁这么坏？"人们生气地说。

Yǔ méiyǒu shuō shénme, zhǐshì bǎ tú shōu qǐlái, dī shēng shuō, "Tāmen búshì zài hài wǒ, tāmen shì zài hài rénmín."

Huí dào huánggōng hòu, Yǔ bǎ shìqing gàosù le huángdì.

Huángdì tīng wán, hěn shēngqì, "Shuí gǎn zhèyàng zuò?"

Tā mǎshàng ràng rén kàn tú shì shuí gǎi de. Méi duōjiǔ, huài dàchén jiù bèi zhǎodào le.

"Nǐmen zhīdào zìjǐ zuò le shénme ma?" huángdì hěn shēngqì.

"Wǒmen…… wǒmen zhǐshì xiǎng ràng Yǔ bié tài déyì," tāmen dītóu shuō.

"Tā búshì wèi zìjǐ zuò, shì wéi tiānxià rén zuò!" huángdì shuō. "Lái rén! Bǎ zhè liǎng gè rén zhuā qǐlái!"

禹没有说什么，只是把图收起来，低声说，"他们不是在害我，他们是在害人民。"

回到皇宫后，禹把事情告诉了皇帝。

皇帝听完，很生气，"谁敢这样做？"

他马上让人看图是谁改的。没多久，坏大臣就被找到了。

"你们知道自己做了什么吗？"皇帝很生气。

"我们……我们只是想让禹别太得意，"他们低头说。

"他不是为自己做，是为天下人做！"皇帝说。"来人！把这两个人抓起来！"

Yǔ zhàn zài yìpáng, shuō, "Wǒ zhǐ xīwàng yǐhòu zài yě méiyǒu zhèyàng de rén."

Huángdì diǎndiǎn tóu, shuō, "Yǔ, nǐ zuò dé hěn hǎo. Wǒ huì ānpái wǒ zuì xìnrèn de dàchén, fùzé bǎoguǎn nǐ de túzhǐ hé jìhuà. Yǐhòu, shuí yě bùnéng suíyì dòng nǐ de gōngzuò."

Nà yìtiān yǐhòu, gōng zhōng zài yě méiyǒu rén gǎn shuō Yǔ de huàihuà.

Yǔ méiyǒu gāoxìng, gèng méiyǒu mǎnyì. Tā háishì hé yǐqián yīyàng, měitiān kàn tú, měitiān tīng shuǐ de shēngyīn.

Tā zhīdào, zhēnzhèng zhòngyào de, búshì biérén zěnme shuō, érshì shuǐ shì búshì tīnghuà, rénmín shì búshì ānquán.

禹站在一旁，说，"我只希望以后再也
没有这样的人。"

皇帝点点头，说，"禹，你做得很好。
我会安排我最信任的大臣，负责保管你
的图纸和计划。以后，谁也不能随意动
你的工作。"

那一天以后，宫中再也没有人敢说禹的
坏话。

禹没有高兴，更没有满意。他还是和以
前一样，每天看图，每天听水的声音。

他知道，真正重要的，不是别人怎么
说，而是水是不是听话，人民是不是安
全。

Dì Shí Zhāng: Zhèngmíng Zìjǐ

Yǔjì yòu lái le. Tiānkōng yìtiān bǐ yìtiān hēi, fēng yě yuè lái yuè dà.

Rénmen táitóu kàn tiān, dōu hěn dānxīn.

"Zhè yǔ yào xià duōjiǔ?"

"Qùnián yěshì zhège shíhou, yǔ liánzhe xià le hǎo jǐ tiān."

"Yǔ dàrén kāi de shuǐdào néng xíng ma?"

Yǔ zǎo jiù zhīdào zhè chǎng dàyǔ kuài lái le. Tā zhàn zài dìtú qián, kànzhe měi yìtiáo shuǐdào.

"Dōngbiān de shuǐdào kěyǐ ràng shānshuǐ liú jìn dàhé, nánbiān de xiǎohé néng dài zǒu yǔshuǐ."

Tā bì shàng yǎn, xīnlǐ xiǎngzhe měi yìtiáo tā qīnshǒu kāi de

第十章：证明自己

雨季又来了。天空一天比一天黑，风也越来越大。

人们抬头看天，都很担心。

"这雨要下多久？"

"去年也是这个时候，雨连着下了好几天。"

"禹大人开的水道能行吗？"

禹早就知道这场大雨快来了。他站在地图前，看着每一条水道。

"东边的水道可以让山水流进大河，南边的小河能带走雨水。"

他闭上眼，心里想着每一条他亲手开的

shuǐdào.

"Zhè yícì, wǒmen zhǔnbèi hǎo le."

Dì sān tiān, Yǔ xià gè bù tíng, xiàng cóng tiānshàng dào xiàlái yīyàng. Dàfēng chuī dé shù dōu kuài dǎo le, shuǐ cóng shānshàng, lùshàng, fáng dǐng shàng bù tíng de wǎng xià liú.

Hěnduō rén pǎo dào gāodì shàng duǒ shuǐ, cūnzi lǐ de rén yě zhǔnbèi hǎo shíwù hé shéngzi.

"Yǔ dàrén zài nǎlǐ?" yǒurén wèn.

"Tā bú huì zǒu de. Tā yīdìng hái zài shuǐdào nà biān."

Guǒrán, Yǔ hé gōngrénmen zhèngzài hé biān. Yǔ dǎ zài liǎn shàng, shuǐ jiàn dào tuǐ shàng, dàn tāmen méiyǒu tuì.

Yǔ zhǐzhe yìtiáo kuài mǎn de hé shuō, "Kuài, bǎ nà biān

水道。

"这一次，我们准备好了。"

第三天，雨下个不停，像从天上倒下来一样。大风吹得树都快倒了，水从山上、路上、房顶上不停地往下流。

很多人跑到高地上躲水，村子里的人也准备好食物和绳子。

"禹大人在哪里？"有人问。

"他不会走的。他一定还在水道那边。"

果然，禹和工人们正在河边。雨打在脸上，水溅到腿上，但他们没有退。

禹指着一条快满的河说，"快，把那边

de shuǐ yǐn dào dōngbiān de qú lǐ!"

Jǐ gè niánqīng rén názhe gōngjù, bǎ shuǐ wǎng lìng yībiān tuī.

"Kàn! Shuǐ jìnqù le!" tāmen dà jiào.

Zài nánbiān, yìtiáo xiǎohé gānggāng xiūhǎo, xiànzài zhènghǎo bǎ cūnzi de shuǐ dài zǒu. Shuǐ méiyǒu liú jìn tián lǐ, yě méiyǒu chōng jìn fángzi.

"Zhēn de yǒuyòng le!" cūnmínmen dōu gāoxìng de shuō. "Shuǐ bèi dài zǒu le!"

Huánggōng lǐ, huángdì zuò bù zhù le. "Wàimiàn xià dàyǔ le, Yǔ nà biān zěnme yàng?"

Yì míng shìbīng pǎo jìnlái, "Bàogào huángshàng, Yǔ dàrén shèjì de shuǐdào zhèngzài gōngzuò. Xiànzài jǐ gè cūnzi yǐjīng ānquán le."

的水引到东边的渠里！"

几个年轻人拿着工具，把水往另一边
推。

"看！水进去了！"他们大叫。

在南边，一条小河刚刚修好，现在正好
把村子的水带走。水没有流进田里，也
没有冲进房子。

"真的有用了！"村民们都高兴地说。
"水被带走了！"

皇宫里，皇帝坐不住了。"外面下大雨
了，禹那边怎么样？"

一名士兵跑进来，"报告皇上，禹大人
设计的水道正在工作。现在几个村子已
经安全了。"

"Tài hǎo le!" huángdì zhàn qǐlái. "Kuài chuán wǒ de huà, ràng dàjiā zhīdào, shì Yǔ jiù le tāmen!"

Nà yìtiān, hěnduō rén cóng gāo chù zǒu xiàlái, kànzhe zìjǐ de cūnzi hái zài, jiā hái zài, gāoxìng de liúxià yǎnlèi.

"Yǔ dàrén zhēn de zuò dào le!"

"Tā méiyǒu shuō dàhuà, tā shì zhēn de dǒng shuǐ."

"Tā shísān nián méi huí jiā, jiùshì wèile jīntiān zhè yíkè ba."

Yǔ méiyǒu shuōhuà. Tā kànzhe yuǎnfāng de dàhé màn man jìng xiàlái, xīnlǐ sōng le yì kǒu qì.

Wǎnshàng yǔ xiǎo le, xīngxīng chūlái le.

Yǔ zuò zài hé biān, yīfu quán shì shī de, dàn tā liǎn shàng

"太好了！"皇帝站起来。"快传我的话，让大家知道，是<u>禹</u>救了他们！"

那一天，很多人从高处走下来，看着自己的村子还在、家还在，高兴的流下眼泪。

"<u>禹</u>大人真的做到了！"

"他没有说大话，他是真的懂水。"

"他十三年没回家，就是为了今天这一刻吧。"

<u>禹</u>没有说话。他看着远方的大河慢慢静下来，心里松了一口气。

晚上雨小了，星星出来了。

<u>禹</u>坐在河边，衣服全是湿的，但他脸上

hěn gāoxìng.

Yígè lǎorén zǒu guòlái shuō, "Yǔ dàrén, nǐ búdàn jiù le wǒmen dàjiā, hái gěi le wǒmen xìnxīn. Xiànzài wǒmen zhīdào, wǒmen búyòng zài hàipà shuǐ le!"

Yǔ diǎndiǎn tóu, "Shuǐ búshì dírén, zhǐyào wǒmen míngbai tā, bāng tā zhǎodào lù, tā yě huì bāngzhù wǒmen."

Huángdì hòulái qīnzì lái dào cūnzi, zǒu dào Yǔ miànqián, shuō, "Wǒ qīnyǎn kàndào le. Nǐ de shuǐdào ràng shuǐ búzài luàn lái, nǐ jiù le dàjiā."

"Zhè búshì wǒ yígèrén de chéngjì," Yǔ shuō. "Shì dàjiā yīqǐ zuò dào de!"

Huángdì kànzhe tā, shuō, "Dàn nǐ shì nàgè dàitóu de rén, méiyǒu nǐ, jiù méiyǒu zhè yīqiè."

很高兴。

一个老人走过来说，"禹大人，你不但救了我们大家，还给了我们信心。现在我们知道，我们不用再害怕水了！"

禹点点头，"水不是敌人，只要我们明白它、帮它找到路，它也会帮助我们。"

皇帝后来亲自来到村子，走到禹面前，说，"我亲眼看到了。你的水道让水不再乱来，你救了大家。"

"这不是我一个人的成绩，"禹说。
"是大家一起做到的！"

皇帝看着他，说，"但你是那个带头的人，没有你，就没有这一切。"

Rénmen tīng le dōu pāishǒu, "Yǔ dàrén jiù le tiānxià rén!"

Yǔ méiyǒu mǎnyì, tā zhǐshì qīng qīng yíxiào, shuō, "Zhìshuǐ de gōngzuò hái méiyǒu wánchéng, wǒ yào jìxù."

Xīngxīng zài tiānshàng liàngzhe, zhàozhe tā zǒuguò de shuǐdào, yě zhàozhe tā qiánfāng de lù.

人们听了都拍手，"禹大人救了天下人！"

禹没有满意，他只是轻轻一笑，说，"治水的工作还没有完成，我要继续。"

星星在天上亮着，照着他走过的水道，也照着他前方的路。

Dì Shíyī Zhāng: Jiànlì Wángcháo

Hóngshuǐ zhōngyú tuì le, tǔdì biàn gān le, tiān yě kāishǐ fàngqíng.

Cūnzi lǐ de rén huí dào le jiā, nóngmínmen chóngxīn zhòngtián, háizimen yòu zài hé biān wán shuǐ. Zhěnggè guójiā biàn dé ānjìng yòu héxié.

"Yǔ dàrén zhēn de chénggōng le," rénmen chángcháng zhèyàng shuō.

"Yǐqián wǒmen pà shuǐ, xiànzài wǒmen zhīdào zěnme hé shuǐ yīqǐ shēnghuó."

"Yào búshì Yǔ, wǒmen hái zài táomìng."

Huángdì zuò zài wánggōng lǐ, kànzhe dàdì shàng de biànhuà. Tā xīnlǐ hěn gāoxìng, yě zài xiǎng xià yíbù gāi zěnme zuò.

第十一章：建立王朝

洪水终于退了，土地变干了，天也开始放晴。

村子里的人回到了家，农民们重新种田，孩子们又在河边玩水。整个国家变得安静又和谐。

"禹大人真的成功了，"人们常常这样说。

"以前我们怕水，现在我们知道怎么和水一起生活。"

"要不是禹，我们还在逃命。"

皇帝坐在王宫里，看着大地上的变化。他心里很高兴，也在想下一步该怎么做。

Yìtiān, tā jiào lái le suǒyǒu de dàchén, shuō, "Yǔ yòng le shísān nián, chénggōng zhìshuǐ, jiù le wǒmen de guójiā. Tā shì yígè dàjiā dōu xiāngxìn de rén."

"Huángshàng, nǐ de yìsi shì……" yǒurén xiǎoxīn de wèn.

Huángdì diǎntóu, "Wǒ niánjì dà le, shēntǐ búrú yǐqián. Wǒ xiǎng xuǎn yígèrén jiē wǒ de wèizǐ."

Huángdì jìxù shuō, "Wǒ bùxiǎng bǎ huángwèi chuán gěi wǒ de érzi, wǒ xiǎng bǎ tā chuán gěi Yǔ."

"Tā shì bǎixìng xuǎn chūlái de. Tā zuò de měi yí jiàn shì, dōu shì wèile dàjiā. Tā bùxiǎng yǒumíng, yě bùxiǎng yǒu qián, tā zhǐ xiǎng ràng guójiā hǎo."

Jǐ tiān hòu, huángdì ràng rén bǎ Yǔ qǐng huí wánggōng.

"Yǔ, nǐ yuànyì dāng huángdì ma?"

一天，他叫来了所有的大臣，说，"禹用了十三年，成功治水，救了我们的国家。他是一个大家都相信的人。"

"皇上，你的意思是……"有人小心地问。

皇帝点头，"我年纪大了，身体不如以前。我想选一个人接我的位子。"

皇帝继续说，"我不想把皇位传给我的儿子，我想把它传给禹。"

"他是百姓选出来的。他做的每一件事，都是为了大家。他不想有名，也不想有钱，他只想让国家好。"

几天后，皇帝让人把禹请回王宫。

"禹，你愿意当皇帝吗？"

Yǔ tīng le, mǎshàng guì xià, shuō, "Wǒ zhǐshì yígè pǔtōng rén, wǒ bù gǎn."

"Nǐ bú yuànyì?" Huángdì wèn.

"Bù, wǒ shì pà, pà wǒ zuò bù hǎo."

Huángdì xiàozhe shuō, "Nǐ yǐjīng zuò dé hěn hǎo le. Nǐ jiù le tiānxià de rén, dàjiā dōu xìn nǐ. Hái yǒu bǐ nǐ gèng héshì de rén ma?"

Dàchénmen yě dōu shuō, "Wǒmen zhīchí Yǔ."

Yǔ kànzhe dàjiā, xīnlǐ xiǎngzhe zìjǐ shísān nián zǒuguò de lù, xiǎngdào le tā de qīzi, tā de háizi, hái yǒu nàxiē tā yǐqián bāngzhùguò de rén, zuìhòu diǎntóu shuō, "Rúguǒ dàjiā dōu xiāngxìn wǒ, nà wǒ jiù shìyíshì."

Jiù zhèyàng, Yǔ chéngwéi le xīn de huángdì. Tā méiyǒu zhù

禹听了，马上跪下，说，"我只是一个普通人，我不敢。"

"你不愿意？"皇帝问。

"不，我是怕，怕我做不好。"

皇帝笑着说，"你已经做得很好了。你救了天下的人，大家都信你。还有比你更合适的人吗？"

大臣们也都说，"我们支持禹。"

禹看着大家，心里想着自己十三年走过的路，想到了他的妻子、他的孩子，还有那些他以前帮助过的人，最后点头说，"如果大家都相信我，那我就试一试。"

就这样，禹成为了新的皇帝。他没有住

jìn jīnsè de gōngdiàn, yě méiyǒu chuān shàng piàoliang de yīfu. Tā háishì chuānzhe tā jiǎndān de yīfu, měitiān kàn dìtú, xīnlǐ zhǐ xiǎngzhe bǎixìng.

Zhè shì Zhōngguó dì yī gè wángcháo, Xià cháo.

"Xià wáng wànsuì!" rénmen dàshēng hǎn.

Cūnzi lǐ de lǎorén shuō, "Wǒ zhè yīshēng jiànguò hěnduō rén, dàn méi rénxiàng Yǔ zhèyàng de."

Xiǎo háizi huà xià Yǔ de yàngzi, shuō, "Zhè shì wǒmen de wáng!"

Yǔ cóng bù yígèrén zuò juédìng, tā zǒngshì qǐngjiào yǒu zhīshì yǒu jīnglì de rén. Tā shuō, "Guójiā búshì wǒ yí gè rén de, shì dàjiā de. Wǒmen bùnéng wàngjì yǐqián de hóngshuǐ. Shuǐ néng bāngzhù wǒmen, yě néng shānghài wǒmen, wǒmen yīdìng yào jì zhù zhè yīdiǎn."

进金色的宫殿，也没有穿上漂亮的衣服。他还是穿着他简单的衣服，每天看地图，心里只想着百姓。

这是中国第一个王朝，夏朝。

"夏王万岁！"人们大声喊。

村子里的老人说，"我这一生见过很多人，但没人像禹这样的。"

小孩子画下禹的样子，说，"这是我们的王！"

禹从不一个人做决定，他总是请教有知识有经历的人。他说，"国家不是我一个人的，是大家的。我们不能忘记以前的洪水。水能帮助我们，也能伤害我们，我们一定要记住这一点。"

Dì Shí'èr Zhāng: Dà Yǔ De Chuánshuō

Dà Yǔ chéngwéi huángdì hòu, bǎixìng guò shàng le
āndìng de shēnghuó.

Héshuǐ yǒu le lù, tián lǐ yǒu le shuǐ, rénmen búzài
hàipà yǔjì.

Tā méiyǒu zhù jìn jīnsè gōngdiàn, yě méiyǒu chuān
měilì yīfu, háishì chuānzhe bùyī, tiāntiān kàn dìtú,
tiāntiān xiǎngzhe shuǐ.

"Dàwáng," dàchén wèn tā, "nín yǐjīng shì huángdì le,
wèishénme hái yào qīnzì qù chūmén kàn shuǐ?"

Yǔ xiàozhe shuō, "Dìfāng hěn dà, wǒ hái méi zǒu
wán suǒyǒu de dìfāng."

Yǒuyìnián chūntiān, Yǔ dàizhe dìtú hé shíwù, yígèrén
líkāi jīngchéng, tā shuō, "Wǒ qù xīnán de shānlǐ

第十二章：大禹的传说

大禹成为皇帝后，百姓过上了安定的生活。

河水有了路，田里有了水，人们不再害怕雨季。

他没有住进金色宫殿，也没有穿美丽衣服，还是穿着布衣，天天看地图，天天想着水。

"大王，"大臣问他，"您已经是皇帝了，为什么还要亲自去出门看水？"

禹笑着说，"地方很大，我还没走完所有的地方。"

有一年春天，禹带着地图和食物，一个人离开京城，他说，"我去西南的山里

kàn kàn, kàn kàn lǎo shuǐdào zěnmeyàng le."

Jǐ tiān guòqù le, Yǔ yīzhí méiyǒu huílái.

Tā de érzi Qǐ dài rén qù shānlǐ zhǎo tā. Tāmen zhǎo le hěnduō tiān, méiyǒu zhǎodào Yǔ, zhǐ kàndào yíkuài dà shítou, shítou shàng fàngzhe yì zhāng jiù dìtú, huàzhe wǎng yīyàng de shuǐdào, pángbiān jǐ chuàn zú yìn, tōng xiàng gāoshān.

Qǐ kànzhe zú yìn, xiǎoshēng shuō, "Fùqīn, zhè shì wèi wǒmen liú xià de."

Cóng nà yǐhòu, méi rén zài kànjiànguò Yǔ. Dàn hěn qíguài, měinián xià dàyǔ shí, shānlǐ de shuǐ zǒngshì hěn píngjìng, yǒushí xià dàyǔ, shuǐ yě zǒngshì liú dé hěn hǎo.

Rénmen shuō, "Yídìng shì yǒurén zài bāngzhù wǒmen."

Yǒude háizi mèng jiàn yígè ānjìng de lǎorén, bēi zhe dìtú, zài hé biān zǒu lái zǒu qù.

看看，看看老水道怎么样了。"

几天过去了，禹一直没有回来。

他的儿子启带人去山里找他。他们找了很多天，没有找到禹，只看到一块大石头，石头上放着一张旧地图，画着网一样的水道，旁边几串足印，通向高山。

启看着足印，小声说，"父亲，这是为我们留下的。"

从那以后，没人再看见过禹。但很奇怪，每年下大雨时，山里的水总是很平静，有时下大雨，水也总是流得很好。

人们说，"一定是有人在帮助我们。"

有的孩子梦见一个安静的老人，背着地图，在河边走来走去。

Lǎorén xiàozhe shuō, "Nà shì Yǔ a, tā méi zǒu yuǎn, tā yǐ biàn chéng shān de yíbùfen."

Yúshì, rénmen zài shānxià jiàn le yízuò xiǎo miào, miào qián yǒu yíkuài shítou, shàngmiàn kèzhe, "Yǔ zài cǐ."

Měinián yǔjì lái shí, rénmen dàizhe shíwù hé zhǐ chuán lái dào miào qián, diǎn shàng làzhú, shuō, "Yǔ dàwáng, qǐng jìxù bǎohù wǒmen."

Shān fēng chuī lái, xiàng shì yǒurén zài qīngshēng shuōhuà.

Rénmen shuō, Yǔ de jiǎobù biàn chéng le shānlín de xiǎolù, tā de shēngyīn biàn chéng le shuǐliú shēng, tā de shǒu biàn chéng le hé biān de shítou.

Hěnduō nián guòqù le, wángcháo huàn le yígè yòu yígè, dàn Yǔ de míngzi cóng wèi bèi wàngjì. Zhǐyào héshuǐ zài liú, gùshi jiù huì bèi jiǎng xiàqù.

Yǔ yǒngyuǎn hé wǒmen zài yīqǐ.

老人笑着说，"那是禹啊，他没走远，他已变成山的一部分。"

于是，人们在山下建了一座小庙，庙前有一块石头，上面刻着，"禹在此"。

每年雨季来时，人们带着食物和纸船来到庙前，点上蜡烛，说，"禹大王，请继续保护我们。"

山风吹来，像是有人在轻声说话。

人们说，禹的脚步变成了山林的小路，他的声音变成了水流声，他的手变成了河边的石头。

很多年过去了，王朝换了一个又一个，但禹的名字从未被忘记。只要河水在流，故事就会被讲下去。

禹永远和我们在一起。

Yu the Great

Chapter 1: The Great Flood

A long, long time ago, a terrible flood struck the land of China. It was like a big hole opened in the sky, and rain poured down day and night without stopping. The world between heaven and earth became a vast sea. The floodwater rushed everywhere, as if it wanted to drown the entire world.

In the villages, houses were destroyed by the flood. "Oh, no, the flood is coming!" People ran in every direction, shouting.

"Help!" "Run!" Cries and screams rose one after another.

People had no homes and searched everywhere for a safe place.

The young and strong climbed to high ground. The elderly, women, and children hid in caves.

"Mom, our home was washed away by the flood. Are we going to sleep in this dark cave tonight?" a small child asked, shaking in his mother's arms.

In the fields, the crops that farmers had worked so hard to grow were all drowned by the flood. With no harvest, people didn't even have enough to eat.

Staring at the flooded fields, the farmers cried and sighed in despair, "All our hard work of the whole year is gone! What will the whole family rely on to survive next year?"

In the forests, the trees were all uprooted. Birds flew hard in the sky. All the trees had fallen down and they didn't know where to land.

Once-strong lions and tigers wandered sadly through the floodwaters, having lost the homes they lived in.

Some villagers whispered, "This flood is strange, maybe the heavens are angry."

"Or maybe, a water monster is angry."

An old woman said, "My grandpa told me a story when I was little. There's a monster called Gong Gong that lives in the water. When it gets mad, it causes big floods."

Another person said, "They say that only the mountain god or the golden dragon can tame a flood like this."

But these were just things people whispered about at night. No one knew if they were true or not.

The rain never stopped. The flood kept pounding the land, day after day. People lived in hardship for many years, wandering from place to place. They couldn't build new homes. Children even forgot what dry land looked like.

At that time, the emperor Yao lived in the capital city, which was also trapped by the flood. Looking at the submerged city walls, he sighed and said, "This great flood has ruined the land of the Nine Provinces. People are starving, drowning, freezing to death. When will this end? Who can help save my country?"

The palace fell silent.

Then one minister spoke up. "Your Majesty, there is one man who might help. Let Gun try to control the water. He knows how to build dams."

Emperor Yao nodded. "Appoint Gun to lead the flood control efforts. Let him take on this task."

Gun was a quiet man with strong hands and bright black eyes. He finally took on this most difficult task, controlling the flood.

In front of the emperor, he replied with certainty, "I will give it all my strength."

And so, he began the flood control work.

Chapter 2: Gun's Failure

Emperor Yao gave Gun the job of controlling the flood. The flood submerged many parts of China. Villages were washed away. Farmlands were flooded. Life for the people became harder and harder. The emperor believed Gun could find a good way to control the flood, so he gave this important job to him.

Gun was a smart and capable man. He visited many mountains, rivers, fields, and villages. He took notes on where the water came from and where it flowed. He decided to build dams to block the flood. He chose to start building dams at the source of the rivers. Gun brought many workers with him. They dug up soil, moved stones, and built tall dams. They worked all day and didn't rest at night. Everyone hoped they could stop the floods as soon as possible. Though the work was hard, the workers looked at the high dams and asked happily, "Master Gun, this time we can stop the flood, right?" Gun nodded and said with great confidence, "We will succeed!"

Day after day passed. A year went by. More and more dams were built. They got taller and taller.

"The flood won't hurt us now!" said the workers.

At first, the dams were able to hold back the flood. However, the rain kept falling. The floodwater grew stronger and stronger. Eventually, the dams could no longer hold. The flood, like a wild beast, broke through the dams and spread over the land once again. Farmlands were submerged, villages were destroyed, and the people's homes were flooded all over again.

Gun saw everything. He felt very sad. He said to the workers, "We cannot give up. Let's rebuild the dams and keep trying!" He worked harder again to build stronger dams. But each time, the dams still couldn't hold back the flood. The repeated failures left Gun deeply disappointed. Every time, the flood broke through the dikes.

The emperor heard about Gun's failure. He was very upset. He said to his ministers, "Gun worked hard, but his way doesn't work. Dams can not stop floods. We need to find a new way."

One minister stepped forward and said, "My king, Gun only tries to block the water. But water is not something that can be blocked. "

Another minister added, "We can't let him continue. His method is wrong."

The emperor sighed and said, "Our country can't wait any longer. Stop Gun's work."

The guards came in and took Gun away.

Gun's son watched from a distance as his father was taken away, feeling deeply sad.

He didn't know what would happen next, or when the great flood would end.

Chapter 3: A Son's Duty

Gun was locked away. He didn't cry or say anything. He knew he had failed.

People cleaned up the mess left by the flood and said, "Gun worked for nine years, but the flood is still strong. What shall we do now?"

Some were angry. Some were sad, and others no longer believed the flood could be stopped.

At this time, Gun's son stepped forward. His name was Yu.

When Yu heard about his father, he was heartbroken. He went to see his father one last time.

"Father," Yu looked into Gun's eyes and spoke quietly.

Gun looked at Yu, and there was still light in his eyes. He held Yu's hand tightly and said, "I've let everyone down. I couldn't stop the flood. But you… you must carry on."

Yu nodded. "I will finish your work. I won't let you down."

After Gun was gone, Yu did not complain. Yu quietly walked alone into the flooded villages. He watched during the day, made notes at night, asked villagers, and drew maps. People noticed this young man and said, "That's Gun's son."

"He hasn't given up."

"He came every day, asking where the water came from and how it flowed."

Someone brought these words to the palace.

A minister said to the emperor, "This young man doesn't brag or complain. He simply works hard. Everyone says he's different."

Not long after, the emperor met with Yu.

"You are Gun's son?" the emperor asked.

"Yes," Yu replied, kneeling down.

"Your father's method was wrong. He failed," the emperor said, looking at Yu. "What do you plan to do?"

Yu raised his head and said, "I want to finish what my father could not, but I will use a new method. Please give me a chance. I want to first observe how the water flows, then decide what to do."

The emperor didn't answer right away. He looked at Yu's face, then at the ministers around him.

Some ministers nodded. Others spoke softly, "He has already spent many days in the flooded areas. People say he's serious and asks good questions."

"He doesn't cause trouble for others or shift the blame. He just wants to learn."

The emperor nodded and said, "You don't brag, and you're not afraid — that's rare. I'll give you a chance. Go and try."

And so, Yu took on the task of controlling flood.

Unlike his father, he didn't start by leading a team right away. Instead, he left the capital alone and walked into the flood-affected areas.

He passed by broken houses and farmlands ruined by water. He asked the elders, "When did the water arrive here?"

He asked the farmers, "Where do you think the water came from?"

Some villages hadn't been completely flooded, but the ground was already soaked. Yu took off his shoes, stepped on the ground, and watched how the water moved.

Every day, he walked, observed, and asked questions. He drew diagrams on the ground and used small wooden blocks as tools to study how the water flowed.

"Water isn't a bad thing," Yu said to a young child. "Water helps crops grow. We all need it. It's just that right now, the water is going the wrong way."

"Are you going to guide the water back to its path?" the child asked.

"Yes," Yu replied with a smile.

For a long time, Yu ate the simplest food, wore old clothes, got blisters on his feet, and his face was darkened by the sun, but he never stopped.

"I'm not doing this for myself," Yu thought. "I'm doing it for everyone."

Chapter 4: Studying the Water

Yu walked across the land every day, whether it was sunny or rainy. He walked over mountains and fields, through villages and along rivers.

When people saw him, they would ask, "Who are you? What are you looking for?"

Yu always answered with a smile, "I'm Yu. I want to control the flood. I want to know where the water comes from and where it's going."

"Aren't you here to build dams?" someone asked.

"No," Yu replied. "I want to first understand why the water comes here, and where it was meant to go. Once I understand, then I'll begin."

One day, Yu arrived at a village. Half the village had already been washed away by the flood. When the people saw Yu, they all ran over.

"Are you here to help us?" an old man asked.

"Yes," Yu said. "But first, I'd like to ask you some questions."

"Ask anything you want, as long as it helps us stop being afraid of the water," the villagers said.

Yu took out the map he had drawn and pointed to the mountains and rivers. "Where did the swater come from? Was it always like this?"

An old man nodded. "There was water before, but not this much.

After the heavy rain five years ago, it hasn't stopped."

Yu listened carefully. He asked the children, the farmers, and the mothers cooking meals.

"Why are you asking so many questions?" one man asked.

"Because I want to understand how people live with water," Yu said. "I'm not here to fight the water. I want to be its friend and help it find the right path."

Early the next morning, Yu walked to a large river and crouched down to watch how the water flowed. He placed small wooden pieces into the river to see which way they drifted.

He also took out a small knife and gently cut into the sand and stones on the ground, checking to see if water was coming out from underground.

A passerby said, "Isn't this just a child's game?"

Yu smiled and said, "I'm learning how water moves. The way it flows can tell us many things."

How can you control the water all by yourself?" the man asked.

"I can't do it alone. But if everyone works together, I believe we can."

A few days later, Yu came to a mountain valley. Three small rivers from the mountains joined here to form one big river. Every year, this river would flood the village.

Yu sat down and watched for a whole day. He discovered, "One of the small rivers flows especially fast. Its current is too strong. As soon as it joins in, the whole big river becomes too full."

He followed that small river upstream, then said to the villagers, "If we dig a small channel next to this river and guide part of the water into another valley, it won't all rush into the village at once."

He drew a new map and showed it to the village elders.

"I have an idea. If we change the direction of this river just a little, the water downstream will slow down and stop destroying your homes."

The elders looked at it and said, "This plan is worth a try."

Yu kept walking. Wherever he went, he looked. When he saw a problem, he drew it down, and then thought of a way to fix it.

He discovered that in some places, there was too much water because all the trees on the mountains had been cut down. In other places, the river channels were too narrow, and the water had nowhere to go.

"Water is not our enemy. We can't live without it," Yu told the people. "We can't just block the water. We need to help it find the path it's supposed to take."

From that day on, Yu had a new plan in his heart. He knew it would be hard, and would take many years, but he was ready.

Chapter 5: Digging Channels

Yu looked at many places and thought for many days. He found that water could be controlled — but not with just one method.

"If water comes down from high places, we can't block it. We need to find it a path to flow through," Yu said.

So, he began doing something new, digging channels to guide the water.

He brought a few people and came to a village at the foot of a mountain. This place was flooded every year. After looking around, Yu said, "We can dig a small river from this side and lead the water into the big river."

"Will that really work?" the villagers were a little unsure.

"Let's try it first. It should be fine."

Yu picked up the tools himself and dug the earth together with everyone. He worked with the workers every day, ate with them, and slept with them.

"Master Yu, you don't need to work with us. You just need to give us orders," a young man said.

"We all hope to find a way to control the water. I'm no different from you," Yu replied, wiping the sweat from his face.

Seeing how serious he was, everyone worked even harder.

"Let's dig a bit more, then take a break!" Yu said with a smile, encouraging them.

Sometimes, when it rained at night and the ground was muddy in the morning, Yu led everyone along the path and fell into the mud.

Yu stood up, patted the mud off his body, and said, "It's fine. Let's go. We'll keep going."

After more than twenty days, a new small river was dug out.

When the first rain came, the water really didn't flow into the village again. It went through the small river into the big one.

"We did it!" everyone shouted with joy.

Children played by the small river, laughing and asking, "Was this made by Master Yu?"

"Yes, he made it so we don't have to be afraid of the water anymore."

This news quickly spread to other places. More and more people came to find Yu and asked him to visit their villages.

"We have a lot of water here too. Can you help us think of a solution?"

Yu always said, "Yes, but I need to first see where the water comes from and where it goes."

Wherever he went, he looked. When he saw a problem, he discussed it with the villagers.

He told people, "The flood is not just one village's problem. The water passes through many villages. So each of us must help it find the right path."

He designed many waterways, guiding the water slowly down from the mountains, then into big rivers, and then into the sea.

"As long as water has its own path, it won't harm people," Yu told everyone.

Many villages began to have their own small rivers, small canals, and new fields. People could now farm in peace, live in their homes, and no longer fear the water.

Some people asked him, "You've already succeeded. Why don't you stop?"

Yu smiled and said, "Because there are still people living by the water, and some still don't have a safe home."

So, he took his map, took his tools, and continued on to the next place.

Chapter 6: Thirteen Years Without Going Home

Before starting his flood control work, Yu returned home once. His home was at the foot of a small mountain, and at that time, he had just married his wife.

"I'm going to control the flood, to finish the work my father couldn't complete. I may be away from home for many years," Yu said, holding his wife's hand.

"You're doing it for the people of the world," his wife looked at him and nodded. "I'll wait for you at home."

That spring, he left home and began traveling across the Nine Provinces, studying the flow of water everywhere.

Not long after Yu left, his wife gave birth to their son, named Qi.

At that time, Yu was out walking from place to place, looking at rivers, at mountains, at where there was too much water, and where canals could be dug.

Qi grew up healthy and smart. He often asked his mother, "Mom, all the other kids have a dad. Where is my dad?"

"Your father has gone to carry out a great task. He's helping many people," the mother said, holding Qi in her arms. "When you grow up, your father will be back."

Yu was still out controlling the floods.

The second year, the third year, he traveled from north to south, from east to west, going to many places.

Every day he dealt with water, talked with people, worked with workers, walked through muddy ground, and slept in mountain caves.

Once, he came to a place not far from home.

"Master Yu, your home is nearby, isn't it? Do you want to go back and have a look?" a worker asked.

Yu looked at the small road that led home and stared at it for a long time. He knew his wife and son were living not far away.

He was silent for a while, then gently shook his head and said, "I can't go back."

"Why not? It's been so many years already," the worker asked.

Yu looked down at the map, then looked up at the mountain. He sighed and said, "I'm afraid that if I go back, I won't want to leave again."

He smiled, but his eyes were a little wet.

"If I see them, I might not be able to let go. But my work is not finished yet."

After he said this, he turned and continued walking forward.

At home, his wife often stood at the door, looking toward the mountains, waiting for him to return. Their son Qi slowly grew up and often asked, "Mom, what does dad look like?"

"He's tall, thin, and very quiet. He's someone who is kind to everyone."

Sometimes, Qi would quietly ask, "Where is dad now?"

The years passed, one after another.

Yu's hair turned white, and the wounds on his feet grew more and more, but he never stopped.

He dug more and more waterways, guiding the water to the sea so it would no longer flood and kill people.

Thirteen years went by.

That year, during his flood control work, he passed near his home for the third time.

He stood at the foot of the mountain, looking at the small road that led home. His eyes were full of tears.

"My son is thirteen now."

"I missed his birth. I missed his growing up," Yu said softly to himself.

"Do you want to go back and take a look now?" an old man asked.

Yu looked at the map, then at the small mountain not far away.

He let out a sigh and said, "I can't. There are still many places that need me."

After saying that, he carried his map on his back and walked into the mountains and forests.

Chapter 7: The Water Monster Gong Gong

Yu had already traveled to many places, built many waterways, and opened many small rivers. His name spread far and wide.

"Master Yu is here, he can make the water behave!"

"The river he made keeps our village safe now."

But just then, someone came running and said, "Something big has happened in the north! The big river is out of control, the water keeps rising, and it seems there's some kind of monster in it!"

Yu immediately led his team and rushed to the north.

That night, the sky in the north was red. The wind blew so hard that the trees were shaking, and the sound in the water was like something angry.

Yu stood by the river, staring at the dark water. Suddenly, he saw two bright red eyes in the water.

"What's that?" a young man asked.

"It's Gong Gong," an old man said, his voice trembling.

"Gong Gong?" Everyone jumped in shock.

"It's the monster that lives in the water. It likes to make the water flow wildly. Stories about it have been told for hundreds of years, and now it's come back."

Yu didn't speak. He just stared at those eyes.

"You should leave!" someone said. "It's a spirit beast, we can't defeat it!"

Yu shook his head. "I can't leave. I'm here to make people no longer afraid of water. If I'm afraid, then everyone else will be even more afraid."

That night, the water rose higher and higher, and the sound grew louder and louder. Suddenly, a big dark monster jumped out of the water.

It had the head of a bull, the body of a fish, and huge hands. As it shouted, it slapped the water, and the waves rushed out.

"That's it! That's Gong Gong!"

People stepped back in fear, but Yu didn't move.

"Why are you making the water run wild? People are already living such hard lives!" Yu shouted.

Gong Gong didn't speak. It just kept slapping the water. It wanted to flood the whole village with the river.

Yu raised his hand and shouted loudly, "I didn't come to fight you, I came to help the water find the right path. If you still won't listen, I'll call the Golden Dragon to help me!"

Suddenly, thunder rolled across the sky, and a golden dragon appeared at the edge of the sky.

The dragon flew over and stopped beside Yu.

"I'm here to help you," the dragon said.

Yu climbed onto the dragon's back and flew in front of Gong Gong.

"We can't let it continue like this," the dragon said, and with that, it breathed out a beam of golden light, striking Gong Gong back into the water.

Gong Gong rolled in the river, screaming. In the end, it looked at Yu one last time, then dove under the water and disappeared.

The water slowly became calm. The wind stopped. Stars began to appear in the sky.

People came down from the mountain and looked at Yu and the golden dragon.

"You did it! You really drove the water monster away!"

Yu jumped down from the dragon's back and smiled. "It wasn't just me. It was because all of our hearts were together. The monster is afraid when we all stand as one."

The golden dragon looked at Yu and said, "You are truly someone who works for the people. From now on, whenever you need me, I will come to help you."

After saying that, the golden dragon flew into the clouds at the edge of the sky and disappeared.

Yu looked at the calm surface of the water and said in his heart, "There are monsters in the water, but even monsters fear people who act with heart."

That night, people sang and danced. The old people said, "The stars are especially bright tonight, it's because the water has learned to behave."

At that moment, Yu was not with the others. He sat alone on the mountain, looking at the stars in the sky, thinking of home.

Chapter 8: Help from the Mountain God

After Gong Gong was gone, the northern river was calm. People began to farm, build houses, and the children could return to school.

"Thank you, Master Yu! You gave us a home again!"

But Yu didn't stop. He said, "Gong Gong is gone, but the water's path is not yet clear. I have to keep going west."

He led his team, crossed high mountains, and entered a valley.

This place had a special landscape, the mountains were high, and the water ran fast. The water often rushed down from the mountains all at once and swept away everything in the village below.

The water here is even harder to manage," Yu said, looking at the map.

They tried digging channels and moving rocks, but the water kept coming. One day, heavy rain fell for three days and nights, and Yu's waterways were destroyed.

"What should we do?" the people asked.

"This water feels like it's falling straight from the sky," Yu said. "We still don't understand this mountain well enough."

That night, Yu walked alone into the forest. He wanted to find a high place to see how the water flowed down from the mountain.

He climbed the mountain all night and finally reached the top.

The wind at the top was strong, and the fog was thick.

Yu sat on a rock, closed his eyes, listened to the sound of the water, and thought for a long time.

Suddenly, he heard a low voice: "Why have you come here?"

Yu opened his eyes and saw a white-bearded old man standing in front of him.

"You're ... the Mountain Spirit?" Yu asked softly.

The old man nodded and said, "You are not afraid of the mountains or the water. Have you come to be their friend?"

"Yes," Yu stood up. "I don't want to block the water. I just want to help it find the right path, so people and nature can live well together."

The old man looked at him and nodded. "Many people have come to this mountain, but they all tried to stop the water with force. Only you... want to listen to what the water says."

After speaking, the old man took out a piece of jade from his robe. It was shiny, with golden lines on it.

"This is the mountain's jade talisman. It can help you understand the voice of the mountain, and let the mountain understand your words too."

Yu took the jade and held it with both hands. "Thank you. I will use it well."

The old man smiled and slowly walked into the fog. Soon, he disappeared.

The next day, Yu returned to the people. He held the jade to his ear and heard many voices from the water: "We want to flow east. We don't want to be stuck behind rocks."

"The ground over there is too low, we can't stay there."

After hearing this, Yu immediately changed the direction of the channel. Everyone began digging canals and moving earth again, working with the new plan.

In less than five days, the new waterway was finished. This time, the water flowed smoothly. Not only did it not flood the land, it was just right for the fields.

"This time, the water is really behaving!" the villagers said happily.

Yu nodded. "The mountain told me where the water should go."

People thought it was magical. "Does Master Yu have some kind of magic treasure?"

"It's not a magic treasure," Yu said. "The mountain is willing to help us, because we want to be its friend."

From then on, every time Yu arrived at a new place, he would first listen quietly. He listened to the sound of the wind, the sound of the water, the sound of the earth. He listened to all the voices of nature.

"Water and mountains are our friends. It's just that no one listened to them before," Yu told everyone.

The jade always hung on Yu's chest, like a shining star, lighting every waterway he walked.

Chapter 9: Trouble in the Court

The heavy rain stopped, and the waterways were open. From south to north, from east to west, in many places the water no longer ran wild.

People all said, "Master Yu has made our homes safer."

Some also said, "Before, we didn't even have enough to eat. Now we can farm, raise cattle, and grow vegetables."

Children played by the river, and the elders sat under the trees, smiling and saying, "We're not afraid of the water anymore. That's wonderful, we should really thank Master Yu."

The news about Yu quickly spread to the palace.

The emperor listened to the ministers' report. "Where has Yu gone? How is he now?"

"He went to the mountain valley in the southwest. He just opened a large waterway."

"Good," the emperor nodded. "He is really a good man who works for the people."

But in one corner of the palace hall, two men were whispering.

"Did you hear that? It's about Yu again."

"Yes, everyone says he's great. Even the emperor listens to him."

"What should we do? The more he does, the more the emperor likes him."

"We need to find a way. We can't let him keep going."

These two were bad ministers in the court. They didn't care about the people, they only cared about power and money.

That night, they secretly took out the waterway map that Yu had drawn and changed the direction of several rivers.

"We'll make this river flow toward the village."

"Yes. When it rains again, the village will be flooded."

"Then everyone will say, 'Yu's waterway didn't work.' Hahaha."

A few days later, it really rained.

The workers on Yu's side noticed the water wasn't following the map.

"That's strange, why is the water flowing that way? That's where the village is!"

"Go tell Master Yu right away!"

When Yu arrived, the water had already flooded into the village. Some people were running to higher ground.

"Quick, save the people first!" Yu shouted.

He moved rocks together with the workers, guided the water away from the village, and helped people carry out their belongings.

A few hours later, the water went down.

"Master Yu, why did the water suddenly change direction?"

"Did someone secretly change the map?" an old man asked.

Yu looked at the waterway map and nodded. "This is not the map I drew. Someone changed it."

"Who is so bad?" the people said angrily.

Yu said nothing. He just put the map away and said softly, "They're not trying to hurt me, they're hurting the people."

When Yu returned to the palace, he told the emperor everything.

After hearing it, the emperor was furious. "Who dares to do such a thing?"

He immediately ordered an investigation to find out who had changed the map. Not long after, the bad ministers were found.

"Do you know what you've done?" the emperor said angrily.

"We... we just didn't want Yu to get too proud," they said, lowering their heads.

"He's not doing this for himself, he's doing it for all the people!" the emperor said. "Guards! Arrest these two men!"

Yu stood to the side and said, "I only hope there will never be people like this again."

The emperor nodded and said, "Yu, you've done well. I will assign my most trusted ministers to take care of your maps and plans. From now on, no one will be allowed to touch your work."

From then on, no one in the palace dared to speak badly of Yu or sabotage his flood control work.

Yu was not happy, and he was far from satisfied. He stayed the same as before, looking at maps every day, listening to the sound of water every day.

He knew that what truly mattered was not what people said, but whether the water behaved, and whether the people were safe.

Chapter 10: Proving Himself

Rainy season came again. The sky grew darker day by day, and the wind grew stronger and stronger.

People looked up at the sky, all feeling worried.

"How long will this rain last?"

"This time last year, it rained for several days without stopping."

"Will the waterways Master Yu built really work?"

Yu had long known that this heavy rain was coming. He stood in front of the map, looking at each waterway.

"The eastern channel can guide the mountain water into the big river. The southern stream can carry away the rainwater."

He closed his eyes and thought about every single waterway he had built with his own hands.

"This time, we're ready."

On the third day, the rain didn't stop. It poured down like it was being dumped from the sky. The strong wind nearly blew the trees over. Water came rushing down from the mountains, the roads, and the rooftops.

Many people ran to higher ground to stay safe from the flood, and the villagers prepared food and ropes.

"Where is Master Yu?" someone asked.

"He won't leave. He must still be by the waterways."

As expected, Yu and the workers were by the river. Rain hit their faces and water splashed on their legs, but they didn't back away.

Yu pointed at a river that was almost full and said, "Quick, guide that water into the eastern channel!"

A few young men grabbed their tools and pushed the water toward the other side.

"Look! The water's going in!" they shouted.

In the south, a small river had just been finished, and now it was carrying the village's water away. The water didn't flow into the fields, and it didn't rush into the houses.

"It really worked!" the villagers said happily. "The water is gone!"

In the palace, the emperor couldn't sit still. "It's raining heavily outside. How is Yu doing out there?"

A soldier rushed in. "Report to Your Majesty, the waterways Master Yu designed are working. Several villages are already safe."

"Wonderful!" the emperor stood up. "Quick, spread my message, let the people know it was Yu who saved them!"

That day, many people walked down from the high ground. They looked at their villages, still standing, their homes still there, and tears of joy filled their eyes.

"Master Yu really did it!"

"He didn't make big promises. He truly understands water."

"He hasn't gone home for thirteen years, maybe it was all for this moment."

Yu said nothing. He looked at the great river in the distance slowly calming down, and let out a breath of relief.

At night, the rain grew lighter, and the stars came out.

Yu sat by the river. His clothes were completely wet, but there was joy on his face.

An old man came by and said, "Master Yu, you not only saved all of us, you gave us hope. Now we know we don't have to fear water anymore!"

Yu nodded. "Water is not the enemy. As long as we understand it and help it find its path, it will help us too."

Later, the emperor personally came to the village. He walked up to Yu and said, "I saw it with my own eyes. Your waterways stopped the floods. You saved the people."

"This wasn't just my work," Yu said. "We did it together."

The emperor looked at him and said, "But you were the one who led the way. Without you, none of this would have happened."

When the people heard this, they all clapped. "Master Yu saved the whole land!"

Yu didn't feel satisfied. He only smiled gently and said, "The work of flood control is not done yet. I must continue."

The stars shone in the sky, lighting up the waterways he had passed, and the road in front of him.

Chapter 11: Founding the Dynasty

The flood was gone. The land dried. The sky was clear again.

People in the village returned to their homes. Farmers began planting again, and children played by the riverside once more. The whole country became quiet and peaceful.

"Master Yu really succeeded," people often said.

"We used to fear water, but now we know how to live with it."

"If it weren't for Yu, we'd still be running for our lives."

The emperor sat in his palace, looking out at the changes across the land. He felt happy in his heart, and also began thinking about what to do next.

One day, he called all his ministers and said, "Yu spent thirteen years to successfully control the floods and save our nation. He is someone that everyone trusts."

"Your Majesty, do you mean..." someone asked carefully.

The emperor nodded. "I'm getting old, and my body isn't what it used to be. I want to choose someone to take my place."

The emperor continued, "I don't want to pass the throne to my own son. I want to pass it to Yu."

"He was chosen by the people. Everything he does is for everyone. He doesn't want fame or money, he only wants the country to be better."

A few days later, the emperor sent someone to bring Yu back to the palace.

"Yu, are you willing to become emperor?"

When Yu heard this, he immediately knelt down and said, "I'm just an ordinary person. I don't dare."

"You don't want to?" the emperor asked.

"No, I'm afraid... afraid I won't do it well."

The emperor smiled and said, "You've already done very well. You saved the people of the whole land. Everyone trusts you. Is there anyone more suitable than you?"

The ministers all said, "We support Yu."

Yu looked at everyone and thought about the road he had walked for thirteen years. He thought of his wife, his son, and the people he had helped.

In the end, he nodded and said, "If everyone trusts me, then I will give it a try."

And so, Yu became the new emperor. He didn't move into a golden palace, and he didn't wear fancy clothes. He still wore his simple clothing and looked at maps every day, thinking only of the people.

This was the first dynasty in China, the Xia Dynasty.

"Long live King Xia!" the people shouted loudly.

The old man in the village said, "In my life, I've met many people, but none of them were like Yu."

The children drew pictures of Yu and said, "This is our king!"

Yu never made decisions alone. He always asked for advice from those with knowledge and experience. He said, "The country does not belong to me alone. It belongs to everyone. We must not forget the flood of the past. Water can help us, but it can also hurt us. We must always remember that."

Chapter 12: The Legend of Yu

After Yu became emperor, the people lived peaceful and steady lives.

The rivers had paths to follow, the fields had water, and people no longer feared the rainy season.

He didn't move into a golden palace or wear fancy clothes. He still wore simple robes, looked at maps every day, and thought about the water every day.

"Your Majesty," a minister asked, "You are already the emperor. Why do you still go out yourself to check the water?"

Yu smiled and said, "The land is vast. I haven't been everywhere yet."

One spring, Yu took his map and some food and left the capital alone. He said, "I'm going to the southwestern mountains to check how the old waterways are doing."

Several days passed, but Yu did not return.

His son Qi led people into the mountains to look for him. They searched for many days but couldn't find Yu. All they found was a large rock. On the rock lay an old map, marked with web-like waterways, and a few sets of footprints leading toward the high mountains.

Qi looked at the footprints and softly said, "Father, this is what you left for us."

From then on, no one ever saw Yu again. But strangely, whenever the heavy rains came, the mountain waters always stayed calm.

Even in storms, the water flowed just right.

People said, "Someone must still be helping us."

Some children dreamed of a quiet old man, carrying a map, walking back and forth by the river.

The old man smiled and said, "That's Yu. He didn't go far. He has become part of the mountain."

So the people built a small temple at the foot of the mountain. In front of the temple stood a stone, carved with the words: "Yu was here."

Every year during the rainy season, people would bring food and paper boats to the temple. They lit candles and said, "Great King Yu, please continue to protect us."

The mountain wind would blow, like someone whispering softly.

People said Yu's footsteps had become paths in the forest, his voice had become the sound of the river, and his hands had become the stones by the river.

Many years passed, dynasties came and went, one after another, but Yu's name was never forgotten. As long as the rivers keep flowing, his story will be told.

Yu is always with us.

Glossary

These are all the Chinese words, other than proper nouns, used in this book.

Chinese	Pinyin	English
啊	a	ah, oh, what
安定	ān dìng	stable
安心	ān xīn	peace of mind
安静	ānjìng	quiet, peaceful
安排	ānpái	arrange
安全	ānquán	safety
按照	ànzhào	according to
吧	ba	(indicates assumption or suggestion)
拔	bá	to pull
把	bǎ	(measure word for gripped objects)
八	bā	eight
爸爸	bàba	father
白	bái	white
百姓	bǎi xìng	common people
白费	báifèi	in vain
白天	báitiān	day, daytime
半	bàn	half
搬	bān	to move
办法	bànfǎ	method
帮(忙)	bāng (máng)	to help
帮(助)	bāng (zhù)	to help

抱	bào	hug
报(告)	bào (gào)	to report
保管	bǎo guǎn	to keep safe
保护	bǎohù	to protect
抱怨	bàoyuàn	to complain
背	bèi	back
被	bèi	(particle before passive verb)
北	běi	north
背	bēi	to carry on back
背影	bèiyǐng	back view
比	bǐ	compared to, than
闭(上)	bì (shàng)	to shut, to close up
遍	biàn	all around; everywhere
边	biān	side
变(成)	biàn (chéng)	to change, to become
别	bié	do not, other
不	bù	no, not, do not
步	bù	step
不住	bù zhù	can't live, can no longer...
不够	bùgòu	not enough
不管	bùguǎn	regardless
不过	bùguò	but
不想	bùxiǎng	in no mood
不行	bùxíng	no way, out of the question
擦	cā	to wipe
菜	cài	dish
踩	cǎi	to step on

才(能)	cái (néng)	can only, talent
长	cháng	long
场	chǎng	(measure word for public events)
唱(歌)	chàng (gē)	to sing
常常	cháng cháng	often
朝	cháo	dynasty
城	chéng	city
成(为)	chéng (wéi)	to become
成功	chénggōng	success
成绩	chéngjì	score
吃(饭)	chī (fàn)	to eat
冲	chōng	to rise up, to rush, to wash out
冲击	chōng jī	to rush, to attack
冲破	chōng pò	to break through
充满	chōngmǎn	to fill
重新	chóngxīn	again
出	chū	out
传	chuán	to pass on, to transmit
船	chuán	boat
串	chuàn	(measure word for clusters)
穿(上)	chuān (shàng)	to wear, to put on
传说	chuánshuō	legend
吹	chuī	to blow
吹牛	chuīniú	to brag; to boast
春(天)	chūn (tiān)	spring
出生	chūshēng	born
出现	chūxiàn	to appear

次	cì	next in a sequence, (measure word for time)
此	cǐ	here, this
此起彼伏	cǐqǐbǐfú	one after another
从	cóng	from
聪明	cōngmíng	clever
村(庄)	cūn (zhuāng)	village
村民	cūnmín	villager
错	cuò	wrong
错过	cuòguò	to miss
大	dà	big
打	dǎ	to hit, to play
打架	dǎ jià	to fight
打交道	dǎ jiāodào	to deal with
大自然	dà zì rán	nature
打败	dǎbài	defeat
大臣	dàchén	minister
大地	dàdì	the earth
大殿	dàdiàn	main hall
大海	dàhǎi	sea
带	dài	to carry, to lead, to bring
带头	dàitóu	take the lead
大家	dàjiā	everyone
但	dàn	but
担	dàn	to take
当	dāng	when
挡(住)	dǎng (zhù)	to block
当时	dāngshí	then

担心	dānxīn	to worry
倒	dào	to pour
到	dào	to arrive, towards
道	dào	path, way, Dao, to say, (measure word for lines, orders)
倒	dǎo	to fall
刀	dāo	knife
到处	dàochù	everywhere
大声	dàshēng	loud
大王	dàwáng	king
地	de	of
的	de	(adverbial particle)
得	dé	(particle showing degree or possibility)
等	děng	to wait
得意	déyì	proud
帝	dì	emperor
第	dì	(prefix before a number)
低	dī	low
堤坝	dī bà	dam
抵挡	dǐ dǎng	to withstand
地形	dì xíng	terrain
点	diǎn	point, hour
掉	diào	to fall
地方	dìfāng	place
地面	dìmiàn	ground
敌人	dírén	enemy
地上	dìshang	on the ground

低头	dītóu	head bowed
地图	dìtú	map
地下	dìxià	underground
冻	dòng	to freeze
动	dòng	to move
洞	dòng	cave, hole
懂	dǒng	to understand
东	dōng	east
东西	dōngxī	thing
都	dōu	all
堵	dǔ	to block
段	duàn	(measure word for sections)
对	duì	correct, towards someone
对不起	duìbùqǐ	I am sorry
蹲下	dūn xià	to squat
躲	duǒ	to hide
多	duō	many
多久	duōjiǔ	how long
饿	è	hunger
而	ér	and also
耳	ěr	ear
儿(子)	ér (zi)	son
而是	ér shì	instead
法宝	fǎ bǎo	magic weapon
发抖	fādǒu	to tremble, to shiver
饭	fàn	cooked rice, a meal
放	fàng	to put, to let out

方(向)	fāng (xiàng)	direction
房(子)	fang (zi)	house, room
房顶	fáng dǐng	roof
放进	fàng jìn	to put in
方法	fāngfǎ	method
放弃	fàngqì	to give up, surrender
放晴	fàngqíng	to clear up
翻滚	fāngǔn	to roll up and down
发生	fāshēng	to occur
发现	fāxiàn	to find out
飞	fēi	to fly
非常	fēicháng	very
风	fēng	wind
符	fú	talisman, symbol
父(亲)	fù (qīn)	father
附近	fùjìn	nearby
负责	fùzé	be responsible for
盖	gài	to build
改	gǎi	to change
该	gāi	should
敢	gǎn	to dare
赶	gǎn	to chase away
干	gān	dry
干(活)	gàn (huó)	to do (work)
赶走	gǎn zǒu	to drive away
刚刚	gānggāng	just
高	gāo	tall, high

告诉	gàosù	to tell
高兴	gāoxìng	happy
个	gè	(measure word, generic)
给	gěi	to give
跟	gēn	with
更	gèng	more
宫(殿)	gōng (diàn)	palace
工具	gōng jù	tool
工人	gōngrén	worker
工作	gōngzuò	work, job
挂	guà	to hang
怪(物)	guài (wù)	monster
光	guāng	light
跪	guì	to kneel
鼓励	gǔlì	encourage
过	guò	to pass, (after verb to indicate past tense)
国(家)	guó (jiā)	country
过来	guòlái	to come
过去	guòqù	past, to pass by
果然	guǒrán	sure enough
故事	gùshi	story
哈	hā	ha!
还	hái	still, also
孩(子)	hái (zi)	child
还有	hái yǒu	and also
害怕	hàipà	fear, scared
还是	háishì	still is

汗	hàn	sweat
喊(叫)	hǎn (jiào)	to call, to shout
好	hǎo	good, very
好像	hǎoxiàng	to like
和	hé	and, with
河(流)	hé (liú)	river
黑	hēi	black
很	hěn	very
合适	héshì	suitable, proper
和谐	héxié	harmonious
红	hóng	red
洪水	hóngshuǐ	flood
后	hòu	behind
后来	hòulái	later
划	huá	to cut open
画	huà	to paint, painting
话	huà	word, speak
画图	huà tú	to draw
坏	huài	bad, broken
换	huàn	to exchange, to trade
皇帝	huángdì	emperor
回	huí	to return
会	huì	will, to be able to
毁	huǐ	to destroy
回答	huídá	to reply
活下去	huó xiàqù	survive
胡子	húzi	beard, moustache

急	jí	urgent
季	jì	season
几	jǐ	several
记(住)	jì (zhù)	to remember
假	jiǎ	fake
家	jiā	family, home
件	jiàn	(measure word for clothing, matters)
溅	jiàn	to splash
见	jiàn	to meet
建(造)	jiàn (zào)	to put up, to build
简单	jiǎndān	simple
讲	jiǎng	to speak
健康	jiànkāng	healthy
建立	jiànlì	to establish
叫	jiào	to call, to yell
脚	jiǎo	foot
角	jiǎo	corner, horn
接(过)	jiē (guò)	to take
结婚	jiéhūn	to marry
解决	jiějué	to solve, settle, resolve
接受	jiēshòu	to accept
结束	jiéshù	end, finish
计划	jìhuà	plan
机会	jīhuì	opportunity
进	jìn	to advance, to enter
金(色)	jīn (sè)	golden
静	jìng	quiet

京城	jīng chéng	capital city
经常	jīngcháng	often
经过	jīngguò	after, through
经历	jīnglì	experience
今天	jīntiān	today
就	jiù	just, right now
救	jiù	to save, to rescue
旧	jiù	old
久	jiǔ	long
九	jiǔ	nine
继续	jìxù	to continue
举(起)	jǔ (qǐ)	to lift
觉得	juéde	to feel
决定	juédìng	to decide
绝望	juéwàng	despair, hopelessness
开	kāi	open
开始	kāishǐ	to begin
看	kàn	to look
砍	kǎn	to cut
看看	kàn kàn	have a look
看来	kàn lái	it seems
看见	kànjiàn	to see
靠	kào	to depend on, to lean on
刻	kè	moment, to carve
颗	kē	(measure word for small objects)
可能	kěnéng	maybe
可怕	kěpà	frightening, terrible

可是	kěshì	but
可以	kěyǐ	can
苦	kǔ	bitter, miserable
哭	kū	to cry
快	kuài	fast
苦难	kǔnàn	suffering
困难	kùnnan	difficulty
拉	lā	to pull
来	lái	to come
拦	lán	to block
老	lǎo	old
老虎	lǎohǔ	tiger
蜡烛	làzhú	candle
了	le	(indicates completion)
雷	léi	thunder
泪	lèi	tears
里	lǐ	inside, Chinese mile
连	lián	even, to connect
脸	liǎn	face
亮	liàng	bright
两	liǎng	two, Chinese ounce
聊(天)	liáo (tiān)	to chat
了解	liǎojiě	to understand
离开	líkāi	to leave
力量	lìliàng	strength
林	lín	forest
另	lìng	another

流	liú	to flow
六	liù	six
留(下)	liú (xià)	to keep, to leave behind, to stay
龙	lóng	dragon
路	lù	road
乱	luàn	chaotic, messy, confused
路过	lùguò	pass by
吗	ma	(indicates a question)
麻烦	máfan	trouble
妈妈	māma	mother
慢	màn	slow
漫	màn	to overflow
满	mǎn	full
满意	mǎnyì	satisfy
马上	mǎshàng	immediately
没	méi	no, not have
每	měi	every
没事	méishì	nothing, no problem
们	men	(indicates plural)
梦	mèng	dream
门口	ménkǒu	doorway
面	miàn	side, surface, noodles, face, (measure word for flat things)
庙	miào	temple
名	míng	(measure word for people)
命	mìng	life
名(字)	míng (zi)	first name, name
明白	míngbai	to understand, clear

木(头)	mù (tou)	wood
拿	ná	to take
那	nà	that
哪	nǎ	which
那里	nàlǐ	there
哪里	nǎlǐ	where
那么	nàme	so then
南	nán	south
男	nán	male
难	nán	difficult, rare
难过	nánguò	to be sad or sorry
那样	nàyàng	that way
呢	ne	(indicates question)
能	néng	can
能够	nénggòu	able to, capable of
泥	ní	mud
你	nǐ	you
年	nián	year
年轻	nián qīng	young
鸟	niǎo	bird
您	nín	you (respectful)
牛	niú	cow, bull
浓	nóng	dense, heavy
农(田)	nóng (tián)	farm
农夫	nóngfū	farmer
努力	nǔlì	work hard
爬	pá	to climb

怕	pà	afraid
排	pái	row, (measure word for row)
拍(打)	pāi (dǎ)	to tap, to slap
旁	páng	side
跑	pǎo	to run
朋友	péngyou	friend
片	piàn	(measure word for flat objects)
漂	piāo	to drift
漂亮	piàoliang	beautiful
平静	píngjìng	calm
普通	pǔ tōng	ordinary
骑	qí	to ride
气	qì	gas, air, breath
起	qǐ	from, up
七	qī	seven
奇怪	qí guài	strange
前	qián	in front, before, side
钱	qián	money
前方	qiánfāng	ahead
强壮	qiángzhuàng	strong
前面	qiánmiàn	in front
悄悄	qiāoqiāo	quietly
起来	qǐlái	(after verb, indicates start of an action)
亲手	qīn shǒu	with one's own hands
亲眼	qīn yǎn	with your own eyes
亲自	qīn zì	personally
请	qǐng	please

清(楚)	qīng (chǔ)	clear
晴(天)	qíng (tiān)	sunny
轻轻	qīng qīng	lightly, softly
请教	qǐngjiào	to consult
其他	qítā	other
妻子	qīzi	wife
渠	qú	canal
去	qù	to go
全	quán	complete
权(力)	quán (lì)	power, authority
全力	quánlì	with all effort
却	què	but
然而	rán'ér	however
让	ràng	to let, to cause
然后	ránhòu	then
人	rén	person, people
人民	rénmín	people
任命	rènmìng	to appoint
人群	rénqún	crowd
认真	rènzhēn	serious
日(子)	rì (zi)	day, days of life
如果	rúguǒ	if
润	rùn	moist
三	sān	three
森林	sēnlín	forest
沙	shā	sand
山	shān	mountain

上	shàng	on, up
伤(害)	shāng (hài)	hurt
山谷	shāngǔ	valley
伤心	shāngxīn	sad
烧	shāo	to burn
舍不得	shě bu de	not willing to
设计	shèjì	design
身(体)	shēn (tǐ)	body
身(子)	shēn (zi)	body
身边	shēnbiān	around
生(活)	shēng (huó)	life
声(音)	shēng (yīn)	sound
绳(子)	shéng (zi)	rope
生存	shēng cún	to survive
生下	shēng xià	give birth
生气	shēngqì	anger
什么	shénme	what
什么样	shénme yàng	what kind of
神奇	shénqí	magical
身上	shēnshàng	body
十	shí	ten
事	shì	is, yes
湿	shī	wet
时(候)	shí (hou)	time, moment, period
事(情)	shì (qing)	thing
石(头)	shí (tou)	stone
食(物)	shí (wù)	food

试(着)	shì (zhe)	to try
失望	shī wàng	disappointment
事业	shì yè	project
失败	shībài	failure
士兵	shìbīng	soldier
事后	shìhòu	afterwards
时间	shíjiān	time, period
失去	shīqù	to lose
使用	shǐyòng	to use
狮子	shīzi	lion
瘦	shòu	thin
手	shǒu	hand
收	shōu	to receive
收成	shōu chéng	harvest
收拾	shōushi	tidy
树(木)	shù (mù)	tree
双	shuāng	a pair
谁	shuí	who
水	shuǐ	water
睡(觉)	shuì (jiào)	to sleep
水泡	shuǐ pào	blister
顺	shùn	to obey
说(话)	shuō (huà)	to say
四	sì	four
死	sǐ	to die
四处	sì chù	all four directions
松	sōng	loose

岁	suì	years of age
随便	suíbiàn	casual
虽然	suīrán	although
随意	suíyì	at will, random
所以	suǒyǐ	so
所有	suǒyǒu	all
他	tā	he, him
它	tā	it
太	tài	too
抬(起)	tái (qǐ)	to lift up
抬头	táitóu	to look up
太阳	tàiyáng	sunlight
叹(气)	tàn (qì)	to sigh
叹息	tàn xī	to sigh
滔	tāo	to surge
讨论	tǎolùn	to discuss
逃命	táomìng	to escape
特别	tèbié	special
田	tián	field, farm
天	tiān	day, sky
天边	tiānbiān	horizon
天空	tiānkōng	sky
天上	tiānshàng	heaven
天下	tiānxià	under heaven
条	tiáo	(measure word for narrow, flexible things)
跳	tiào	to jump
跳舞	tiàowǔ	to dance

停	tíng	to stop
听	tīng	to listen
听见	tīngjiàn	to hear
通向	tōng xiàng	lead to
同意	tóngyì	to agree
通知	tōngzhī	to notify
头	tóu	head, (measure word for animal with big head)
头发	tóufa	hair
偷偷	tōutōu	secretly
图	tú	pattern, painting
吐	tǔ	to spit out
土	tǔ	dirt, earth
图纸	tú zhǐ	drawing, blueprint
土地	tǔdì	land
退	tuì	to retreat
腿	tuǐ	leg
推	tuī	to push
脱(下)	tuō (xià)	to take off clothes
突然	tūrán	suddenly
挖	wā	to dig
外(面)	wài (miàn)	outside
完	wán	finished
玩	wán	to play
完成	wánchéng	to complete
王	wáng	king
望	wàng	to see
往	wǎng	towards

网	wǎng	net, network, web
忘(记)	wàng (jì)	to forget
往前	wǎng qián	move forward
王宫	wánggōng	royal palace
完全	wánquán	completely
晚上	wǎnshang	evening, night
万岁	wànsuì	long live
为	wèi	for, as
位	wèi	place, (measure word for people, polite)
位(子)	wèi (zi)	seat
卫兵	wèi bīng	bodyguard
伟大	wěidà	great
为了	wèile	in order to
为什么	wèishénme	why
问	wèn	to ask
问题	wèntí	problem, question
我	wǒ	I, me
雾	wù	fog, mist
五	wǔ	five
西	xī	west
下	xià	down, under
吓	xià	to scare
下雨	xià yǔ	raining
线	xiàn	thread, line, wire
先	xiān	first
像	xiàng	like, to resemble, statue
向	xiàng	towards

项	xiàng	(measure word for tasks, items)
响	xiǎng	loud
想	xiǎng	to want, to miss, to think of
想到	xiǎngdào	to think
相信	xiāngxìn	to believe, to trust
现在	xiànzài	just now
笑	xiào	to laugh
小	xiǎo	small
小路	xiǎolù	path
小声	xiǎoshēng	whisper
小时	xiǎoshí	hour
消失	xiāoshī	to disappear
消息	xiāoxi	news
小心	xiǎoxīn	careful
些	xiē	some
谢(谢)	xiè (xie)	to thank
喜欢	xǐhuan	to like
心	xīn	heart/mind
新	xīn	new
行	xíng	okay
星	xīng	star
辛苦	xīnkǔ	to work hard
心情	xīnqíng	feeling
信任	xìnrèn	to trust
信心	xìnxīn	confidence
胸	xiōng	chest
修	xiū	to repair

修建	xiū jiàn	to build
休息	xiūxi	to rest
希望	xīwàng	to hope
选(择)	xuǎn (zé)	to select, to choose
许多	xǔduō	many
学	xué	study
学校	xuéxiào	school
需要	xūyào	to need
淹	yān	to drown
眼(睛)	yǎn (jing)	eye
样(子)	yàng (zi)	appearance
研究	yánjiū	to study
淹没	yānmò	to flood
摇	yáo	to shake
要	yào	to want
要是	yàoshi	if
夜	yè	night
也	yě	also
野兽	yěshòu	wild animal
爷爷	yéye	grandfather
已	yǐ	already
一	yī	one
衣(服)	yī (fu)	clothes
意(思)	yì (si)	meaning
一部分	yíbùfen	a portion
一边	yībiān	on the side
一点	yīdiǎn	a little

一定	yīdìng	must
一个人	yígèrén	alone, one person
以后	yǐhòu	after
一会儿	yīhuǐ'er	a while
意见	yìjiàn	opinion
已经	yǐjīng	already
引	yǐn	to pull, to divert
因(为)	yīn (wèi)	because
应(该)	yīng (gāi)	should
一起	yīqǐ	together
以前	yǐqián	before
一切	yīqiè	everything
一生	yīshēng	lifetime
一下	yīxià	a bit, a short quick action
一眼	yīyǎn	at a glance
一样	yīyàng	same
一阵	yīzhèn	for a while, a gust (of wind)
一直	yīzhí	always, continuously
用	yòng	to use
永远	yǒngyuǎn	forever
又	yòu	again, also
有	yǒu	to have
有的	yǒu de	some
有时候	yǒu shí hou	sometimes
游走	yóu zǒu	to walk around
有点	yǒudiǎn	a little bit
有名	yǒumíng	famous

游戏	yóuxì	game
有用	yǒuyòng	useful
鱼	yú	fish
玉	yù	jade
雨	yǔ	rain
远	yuǎn	far
愿(意)	yuàn (yì)	willing
越	yuè	more
云	yún	cloud
于是	yúshì	then
再	zài	in, at
在	zài	again
灾难	zāinàn	disaster
造	zào	to make
早	zǎo	early
早上	zǎoshang	morning
怎么	zěnme	how
怎么办	zěnme bàn	how to do
怎么样	zěnme yàng	how about it?
责任	zérèn	responsibility
站	zhàn	to stand
长	zhǎng	to grow
张	zhāng	open, (measure word for pages, flat objects)
章	zhāng	chapter
照	zhào	according to, to shine
找	zhǎo	to search for
着	zhe	(indicates action in progress)

这	zhè	this
这里	zhèlǐ	here
这么	zhème	so
真	zhēn	true, real
正	zhèng	correct, just
整	zhěng	all
证明	zhèng míng	to prove
正在	zhèng zài	(-ing)
正好	zhènghǎo	just right
真正	zhēnzhèng	real
这样	zhèyàng	such
治	zhì	to treat (medical)
只	zhǐ	only
指	zhǐ	finger, to point at
纸	zhǐ	paper
知道	zhī dào	know
治好	zhì hǎo	to cure
之间	zhī jiān	between
治理	zhì lǐ	to control
支持	zhīchí	support
指挥	zhǐhuī	to command
知识	zhīshì	knowledge
只要	zhǐyào	as long as
种	zhòng	to farm
种	zhǒng	(measure word for kinds of creatures, things, plants)
中	zhōng	in, middle
重要	zhòngyào	important

终于	zhōngyú	at last
住	zhù	to live, to hold, (verb complement)
抓	zhuā	to grab
庄稼	zhuāngjia	crops
转身	zhuǎnshēn	turn around
准备	zhǔnbèi	to prepare
准备好了	zhǔnbèi hǎole	ready
注意	zhùyì	notice
自己	zìjǐ	oneself
总是	zǒng shì	always
走	zǒu	to go, to walk
走路	zǒulù	to walk down a road
最	zuì	the most
最后	zuìhòu	at last
做	zuò	to do
坐	zuò	to sit
座	zuò	seat, (measure word for mountains, temples, big houses)
足印	zúyìn	footprints
阻止	zǔzhǐ	to stop, to prevent

About the Author

Lawrence Wang is a marketing leader, science writer, translator, and influential blogger with a global perspective. He has held senior management roles at several Fortune 500 multinational companies, leading marketing, e-commerce, and digital innovation initiatives. In addition to his corporate experience, Wang is a serial entrepreneur who has successfully launched ventures across media, education, and technology sectors.

As a regular contributor to China's largest youth science magazine, Wang shares engaging stories on science, technology, and society with young audiences. He has also been deeply involved in translation and knowledge sharing, organizing multiple TEDx events to promote cross-cultural communication and inspire public dialogue.

Beyond writing and marketing, Wang is a passionate content creator and photographer. His work has been featured by leading platforms such as Apple and TED, and he has built a large and loyal following across social media. Throughout his career, Wang remains committed to fostering creativity, education, and meaningful connections across cultures.